잇츠 마이 라이프 **8**

초판 1쇄 인쇄일 2022년 06월 10일 | **초판 1쇄 발행일** 2022년 06월 16일

지은이 초촌 | **펴낸이** 곽동현 | **담당편집 팀장** 이범수
편집부 정요한 조혜진

펴낸곳 (주)조은세상 | **출판등록** 제2002-23호
주소 서울특별시 동작구 동작대로1길 27 5층
TEL 02)587-2966 | FAX 02)587-2922
E-mail bukdu@comics21c.co.kr

초촌ⓒ2022
ISBN 979-11-391-0784-5 | ISBN 979-11-391-0352-6(set)
값 8,000원

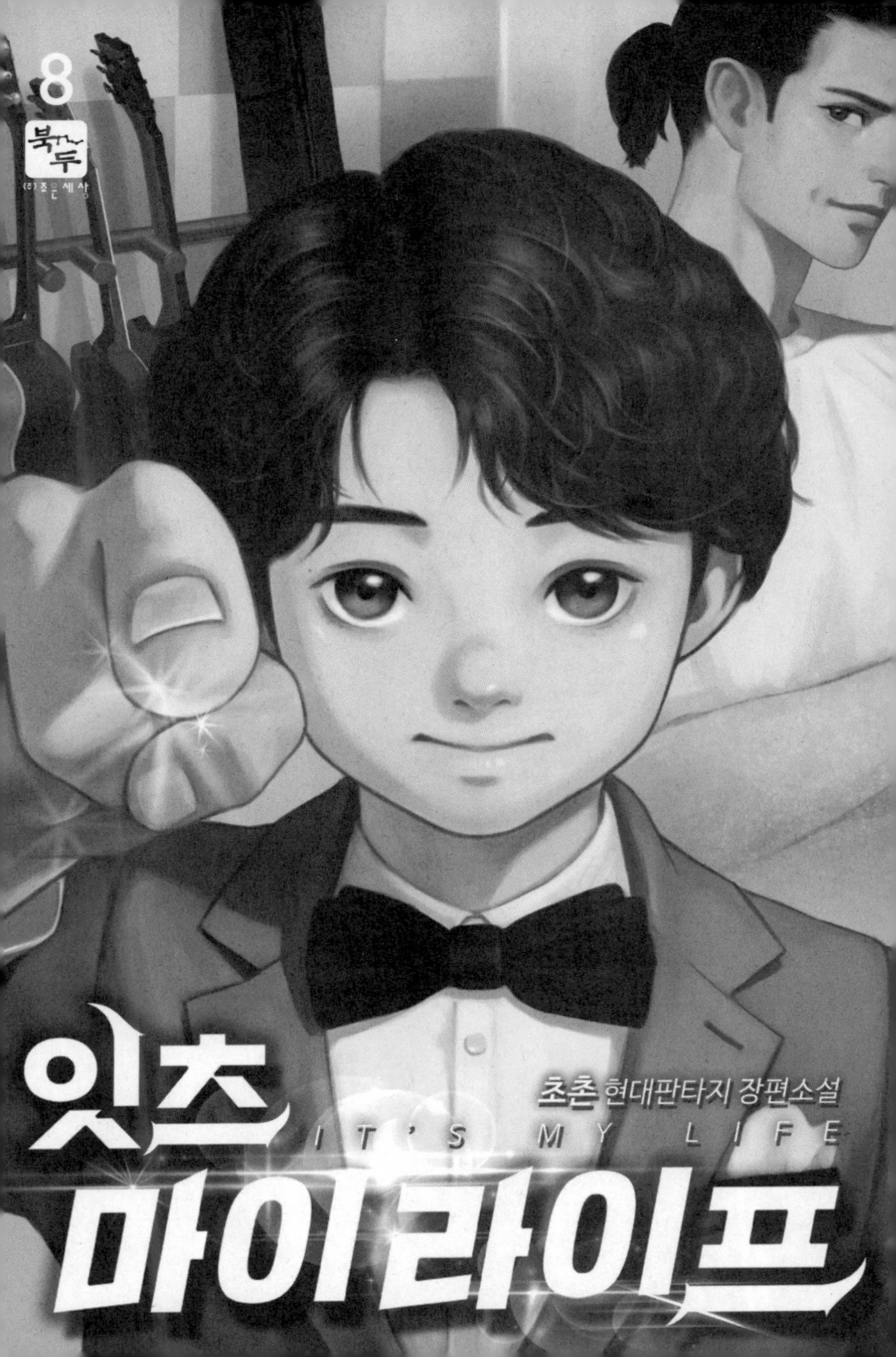
8
북두
(주)좋은세상
잇츠
초촌 현대판타지 장편소설
IT'S MY LIFE
마이라이프

초촌 현대판타지 장편소설

MODOERN FANTASY STORY

CONTENTS

"얼마 정도 남았나요?"

"흔적을 안 남기게 투자하느라 겨우 50억 정도 넣었습니다."

"250억이 남았네요. 잘됐어요."

"그럼 이 금액은 어디에 투자를……?"

"8월부터 일본 옵션 놀이 좀 할까 해서요."

"옵션이요? 총괄님, 일본 옵션은 주식보다 못합니다. 해 봤자 재미가 없어요. 제가 이쪽은 젬병이라지만 그래도 듣는 풍문이 있는데 일본 옵션은 아닙니다."

펄쩍 뛴다. 당연히 '콜'을 부를 줄로 알고.

최근 몇 년간 계속 상승세이고 앞으로도 끝 모르게 상승할 거라 기대 중인 시장이니까.

"아니요. 저는 '풋'에 들어갈 생각이에요."

"예?!"

"그냥 따라 주세요. 제 보기에 일본은 너무 상승장이었어
요. 수출이 꺾이며 중소기업이 허덕이는데 말이죠. 잠시 조
정에 들어갈 것 같아요. 그동안 너무 오르기만 했잖아요."

1987년 9월 1일부터 1987년 12월 1일까지 단 3개월 사이
닛케이 지수가 26,000에서 21,000로 고꾸라진다.

이게 사실이고 또 정홍식에겐 둘러 말은 했다지만 이 폭락
장을 나는 쉽게 보지 않았다.

85년 플라자 합의 이래 군침을 흘리며 일본 시장을 관찰하
던 세력들이 본 무대에 앞서 펼치는 리허설일 테니까.

그렇지 않으면 잘나가던 시장이 갑자기 고꾸라질 리 없잖나.

실제로 지금 일본은 지난 몇 년간 국민 특유의 근면·성실
이 언제 때의 미덕인지 구별이 안 될 정도로 흥청망청, 살이
포동포동 오른 상태였다.

도축자의 칼이 언제 떨어져도 이상하지 않을 정도.

3개월간의 조정은 아마도 돼지 잡기 전, 간 보기 위한 도발
정도가 아닐는지.

아무것도 모르는 일본과 정홍식으로는 한숨이 나오는 바
보 같은 지시겠지만, 현실이 이런 걸 어쩌나.

"총괄님."

"왜, 안 되겠어요. 대표님?"

"하아…… 투자야 시키는 대로 할 수 있다지만 뻔히 보이는 실패를 두고 가만히 있을 성격은 아닙니다. 저란 놈이요."

의외의 태도라 깜짝 놀랐다.

으르렁거린다. 나에게.

이 모습이 기뻤다고 말하면 나도 M 성향인가?

"하하하하하, 제가 이래서 대표님을 좋아해요."

"……!"

"그런 눈으로 보지 마세요. 말려도 '풋'은 진행할 거예요."

"총괄님!"

한숨이 푹푹 나오는 얼굴이었다. 이 고집을 어떻게 꺾나 고민하는.

너무! 반드시! 망한다에 전 재산을 걸 만큼의 확신이라.

나도 살짝 자극받았다.

"그럼 내기 한번 해 볼까요?"

"내기라뇨?"

"가볍게 50억으로 누구의 예측이 맞나 시험해 보는 거죠."

"총괄님, 아무리 그래도……."

"전 자신 있는데 대표님은 아니세요? 250억 밀어 넣으려다 대표님 만류 때문에 한 발 양보한 건데."

"……진정이십니까?"

"그럼요. 250억 넣을 생각이었어요."

가만히 보자······.

250억은 역시 안 되겠네.

남들 신나게 만들어 놓은 판에 250억을 뿌린다면 어떤 일이 벌어질까?

그런 면에서 50억도 과하긴 했다.

정홍식의 만류가 옳았다.

"알겠습니다. 50억도 큰돈이긴 하지만 전체를 흔들 정도는 아니니까요. 어떻게 하면 되겠습니까?"

"기간은 올 말까지. 결과로 3년간 절대복종. 어때요?"

"절대복종이라면······?"

"노예처럼 부리자는 건 아니고요. 투자에 관해선 일언반구도 안 하기로요."

"으음······ 알겠습니다. 그렇게까지 하시겠다니 일단 그렇게 진행하겠습니다."

곧장 DG 인베스트로 전화해 내가 원하는 '풋' 상품을 사라 지시하는 정홍식이었다. 연말까지 권리 행사가 가능한 상품으로만 50억 원어치.

전화상으로도 반대의 목소리가 들렸다.

정홍식은 마치 자기가 명령하는 것처럼 굴었다. 8월부터 당장 시행하라고.

"만족하십니까?"

"불만족이죠. 2,500억을 벌 수 있었는데 겨우 500억 벌잖아요."

"그 250억을 날릴 수도 있었죠. 저로 인해 50억 손실로 줄어든 거고요."

아주 당당했다.

역시 내가 믿고 기업을 맡길 강단이라.

뒷걸음질 치다 쥐 잡은 격으로 맞은 것도 있어 기분이 좋아진 나는 나도 모르게 천기누설을 강행했다.

"하나 알려 드릴까요?"

"무엇을······요?"

"일본 증시가 조정 기간을 거치고 있을 때 미국에도 미친 일이 한 번 벌어질 것 같아요."

"예?!"

"아마도 10월 중순 무렵으로 예측되는데. 난리가 한 번 날 것 같아요."

"······."

"하지만 우린 들어가지 않을 거예요. 왜인지 아세요?"

"······."

"일본과는 달리 명확한 원인이 보이지 않기 때문이죠. 누군가의 작전일 확률이 높을 테니."

일본도 마찬가지겠지만.

뭐 동네북이니까.

"총괄님······."

"장난질에 당한 미국은 분노하겠죠. 아마도 그 일로 이익을 본 자들을 추려 낼 거예요. 만일 DG 인베스트가 거기에 끼어 있다면 어떤 일이 벌어질까요?"

"그건……."

"FBI가 쳐들어와 싹 다 뒤집고 메간이랑 라일리를 잡아가겠죠. 며칠간 잠도 재우지 않고 수만 개의 질문을 퍼부을 테고 우리의 존재도 금세 드러나겠죠. 골치 아파지잖아요. 돈 몇 푼 더 먹으려다 아주 피곤해져요. 그래서 놔두는 거예요."

"총괄님은 이 일이 진짜 벌어질 거라 보시는 겁니까?"

"아니면 생돈 50억을 땅바닥에 뿌리는 짓을 왜 할까요? 전 아직 그렇게 부자가 아닙니다."

"허어……."

머릿속이 순간 복잡해진 듯 정홍식의 표정이 미묘해졌다.

'만일 내 예측이 맞게 된다면?'이란 질문이 폭풍처럼 날아드는 것이리라.

자못 자신이 틀리게 된다면…… 수천억을 벌 기회를 날리는 것.

가뜩이나 불안해진 호수에 나는 돌을 하나 더 던졌다.

"그렇다고 대표님 몰래 '풋'에 더 돈을 올리거나 하는 짓은 하지 않을 거예요. 우리끼리의 약속이잖아요. 저에겐 그깟 2,500억보다 대표님이 더 중요하거든요."

"……."

머리 아파져라.

머리 아파라.

괴로워져라.

괴로워해라.

들릴 듯 들리지 않게 읊조린 나는 사무실에서 빠져나왔다.

◇ ◆ ◇

"자, 다시 한번 서로가 인지한 내용이 맞는지 확인해 볼까요?"

"그러시죠."

이재현 국회 의장의 진행 아래 여야 수뇌들이 비밀리에 모여 개헌에 관한 마지막 확인 작업을 진행 중이었다.

"첫 번째로 여야 합의를 조속히 진행하여 대통령 직선제로 개헌하고 새 헌법에 의한 대통령 선거를 통해 1988년 2월 평화적으로 정권을 이양한다는 데 동의하십니까?"

"동의합니다."

"동의합니다."

여야 영수들이 한 입처럼 대답하자 이재현 국회의장은 수행 비서에게 그 문서를 주었고 수행 비서는 문서에 일일이 여야 영수들의 사인을 받아 왔다.

"그럼 두 번째로 넘어가겠습니다. 자유로운 출마와 공정한 경쟁이 보장하기 위해 대통령 선거법을 개정한다. 동의하십니까?"

"동의합니다."

"동의합니다."

똑같이 수행 비서가 움직여 사인을 받아 왔다.

이재현 국회 의장은 바로 진행했다.

"다음으로는 국민적 화해와 대단결을 도모하기 위해 김대준 씨 등의 사면 복권과 극소수를 제외한 시국 사범 석방에 동의한다."

이 건에 대해서는 제외한다는 '극소수'에 대한 인식이 명확하지 않아 합의가 잠시 지체됐다. 물론 이도 대세에 영향을 주는 건 아니라 금세 동의를 받긴 했다.

"다음으로 인간 존엄성을 존중하기 위한 일환으로 개헌 시 기본권 조항을 강화한다."

"언론 자유의 창달을 위해 관련 제도와 관행을 획기적으로 개선, 언론의 자율성을 최대한 보장한다."

"사회 각 부문의 자치와 자율을 최대한 보장, 지방자치 및 교육자치 실시, 대학의 자율화……."

"정당 활동 보장, 대화와 타협의 정치 풍토 조성……."

"밝고 맑은 사회 건설을 위해 사회 정화 조치의 강구……."

대부분 6.29선언의 재확인에 불과했고 또 그것을 확정하는 단계일 뿐이었지만 분위기는 엄숙하고 진지했다.

여당에서는 언론의 자유를 대체 어디까지로 선을 그어야 하는지, 그것이 국민의 기본권과 충돌한다면 누구의 손을 들어야 하는지 등으로 반박했고 사회 자치에 대한 것도 지방 자립도가 바닥을 기는 이때 무엇으로 자치를 이룰 건지 물고 늘어졌다.

일진일퇴의 열띤 회의가 벌어졌지만.

수장으로 참가한 노태운은 줄곧 김영산만 쳐다보고 있었다.

대담을 시작한 이래 마치 자기가 이미 대통령이 된 듯 거만을 떨고 있다.

되먹지도 않은 태도를 보고 있노라면 울컥울컥 분기가 치솟았지만 결국 꼬맹이의 말대로 저놈을 죽이지 못하면 무엇도 소용이 없음을 다시 한번 확인하게 되었다.

처절히.

느꼈다.

'그만큼 시대가 변하고 있는 기라. 내도 그만 내려놔야 옳은 기라.'

윽박지른다고 해결되고 묻힐 시대가 끝났다.

더 복잡해졌고 더 많은 것이 얽혀 들었다.

요소요소를 거쳐야 했고 그만큼 합의에 이르기도 어려워졌다. 도로가 꽉 막힌 것 같은 답답함이 불길처럼 치솟아 올라도 다른 방법이 없었다. 무엇보다 자신의 내공이 김영산에 부족함을 절실히 깨달았다.

'군인과 정치인이 이렇게 달랐나? 나름 사선을 거쳤다고 자부했는데. 이마저도 부족했나 보네.'

그럴수록 어금니가 악 물렸다.

'정말 저놈이 내를 죽이는 기가?'

회의가 끝났다.

회의 내내 일절 눈길조차 주지 않던 김영산이 이쪽으로 걸어왔다.

턱 하고 손을 내밀어 악수를 청하는데.

뒷머리가 쭈뼛 올랐다.

"큰 맴을 쓰셨습니다."

"……그렇습니꺼? 지야 뭐. 한 일이 어데 있습니꺼."

"그러십니까? 쫌 있으면 국민 투표인데 어데다 찍으실 겁니까?"

압박이었다.

"걱정하지 마이소. 한 입으로 두말은 안 합니더."

"그러십니까?"

스윽 쳐다본다.

동격이 아닌 내려다보는 눈길이었다.

승리자의 눈빛.

노태운은 비로소 확신을 얻었다. 이놈이 정말 나를 죽이겠구나.

죽음을 인식하자 그동안 잠잠했던 더듬이가 한껏 치켜 올라갔다.

도리어 마음이 편해졌다.

집 짓고 다리 놓고 도로 깔고 협의하는 건 못하지만 부수는 건 자신 있다.

생존 전투는 군인의 특기가 아니던가.

긴장이 풀리며 미소가 절로 지어졌다.

"여~까지 와서 무엇이 그래 겁나십니꺼?"

"겁이요?"

말도 안 된다는 표정이나.

눈빛이 흔들리는 걸 봤다.

"예정대로 갈 낍니더. 발 편히 뻗고 주무시소. 우리 그때 보입시다."

"……"

"서로 할 말 다 한 것 같은데. 가 볼까예?"

"……예."

몸을 돌리던 노태운이 멈칫 다시 봤다.

"아 참, 대통령이 되시면 우짜실 생각이십니꺼?"

"벌써 대통령 얘길 꺼내십니까?"

"그래도 복안 같은 게 있지 않겠습니꺼? 다들 말하는 유력 대통령감인데."

"그런 거 없습니다. 대통령은 국민께서 주신 권한으로 법과 원칙에 맞게 학실히 행동하는 직책이 아닙니까."

"그래요? 법과 원칙이라. 참 좋은 말씀입니다. 고마 건승하시소. 내는 바빠서 이만."

김영산의 시선이 등에 꽂혀 끝까지 따라오고 있는 걸 알면서도 노태운은 모른 척 회의장을 빠져나왔다.

곧장 당 대표실로 직행.

한참을 어둑해지는 창밖만 내려다보다 겨우 입을 열었다.

"신 비서야. 개헌이 되겠나?"

뜬금없는 질문이었다.

여태 그걸 전제로 협의하고 왔으면서 다시 묻는다?

그러나 빈말이 아님을 신 비서는 잘 알았다.

"여야 의원들 분위기도 그렇고 학생들, 시민들도 그렇고 개헌이 이뤄질 확률이 무척 높습니다."

"그렇겠제?"

"예."

"니 말이 맞다. 사람이란 게 지한테 좋다 카믄 양잿물도 처마신다 안 카나. 서로 찬성에 찍느라 바쁠 끼다. 그게 무슨 일을 일으킬지는 상관없이. 어쨌든 그라믄 우린 방법이 없는 기네. 그체?"

"……."

"그래도 손 놓고 죽을 수는 없으니 개헌이 된다 카고 움직여야겠제? 안 그렇나, 신 비서야!"

그리고 노태운이 이렇게 대화의 형식을 통해 생각을 정리하는 것도 잘 알았다.

"예, 그렇습니다."

"허허허허, 있잖아. 오늘 그 새끼를 보는데 모골이 다 송연하더라."

"……!"

"대운이 말대로 다 이뤄질 것 같다는 예감이 든다. 그 새끼가 얼마나 벼르고 있는지도 잘 알겠더라."

"……"

"함 믿어 볼라 카는데. 니 생각은 어떠노?"

장대운 얘기였다. 대통령이 된다는.

"저도 그리 믿고 움직이겠습니다."

"그체? 가가 내를 대통령 된다 캤으니 우야 됐든 되겠제? 헌데 그렇다고 마냥 손 놓고 있으면 될 일도 안 될 테고. 맞제?"

"……예."

"대운이 말대로 그 새끼들이 갈라선다고 치자. 그라믄 무얼 제일 크게 떠들겠노?"

"……"

"괜찮다. 말해도 된다."

"아마도…… 과거 청산이 아니겠습니까?"

"폭풍을 일으키겠제?"

상상이 된다는 듯 노태운의 시선이 천장으로 향했다.

신 비서도 아랫배에 힘을 딱 줬다.

"많은 사람이 선동될 겁니다."

"……"

"……."

"……."

"……하지만 좋은 소리도 계속 들으면 때론 피로해지기도 합니다."

"맞다. 지금은 그 새끼들의 명분이 세다. 인정해야겠제. 그래, 명분으론 몬 이긴다. 그라믄 우리는 실리를 찾아야 하지 않겠나? 실리라면 뭐가 좋을까?"

"민……생이겠죠."

"맞다. 마침 대운이 고새끼가 해 달라는 것에 그 민생이 다 들어가 있다. 내 공약이."

"……."

"신 비서야."

"예."

"이제 니캉 내캉 물러설 곳이 없다. 이기믄 살고 지믄 죽는다. 이리 봐도 적이고 저리 봐도 적이다. 그래도 살아남아야 하지 않겠나?"

"예."

"다행히 딱 두 개 우리가 앞서는 게 있다. 시간과 절박함. 저것들 국민 투표 기다리고 있을 때 우린 전심을 다해 시작한다. 우리만의 정치를. 알겠나?"

"예! 명심하겠습니다."

"가자. 오늘은 푹 쉬고 내일 맑은 정신으로 하나하나 따져 보자."

◇ ◆ ◇

"월트 디즈니에서 연락이 왔다. 하하하하하."

"예?"

출근하자마자 5분도 안 돼 들어온 지군레코드 사장이었다.

"뭐긴 뭐야. 니 곡을 OST로 쓰겠다는 거지. 그것도 두 곡이나."

"어떤 곡이요?"

"Don't Worry Be Happy랑 Under the Sea다."

칵테일이랑 인어공주 OST였다.

"Don't Worry Be Happy는 내년에 개봉할 영화에 쓰고 싶다 하더라고."

"그래요?"

"그리고 Under the Sea는 그 뭐라더라. 애, 애니, 거 있잖아. 만화 영화. 거기다 쓰고 싶다고. 너무 어울린다고 하네. 어때?"

"쓰라고 하세요. 자세한 건 이학주 고문님과 상의하시고요."

"알았어. 알았어. 하하하하하, 오늘 너무 기분 좋다. 넌 별 일 없지?"

"참 빨리도 물으시네요. 그럼요. 사장님도 괜찮으시죠?"

"그럼그럼그럼. 내 살아온 날 중 요즘 같은 날이 없다. 아주 만족해. 그럼 이 고문한테 갈 테니까 일 봐. 나 신경 쓰지 말고. 알았지?"

"예."

지군레코드 사장이 나가자마자 또 5분도 안 돼 손님이 찾아왔다.

누군가 했더니 나우현이었다.

"감사 인사를 드리러 왔습니다."

"……."

무슨 말인가 하여 쳐다보니.

"정치부로 복귀했습니다."

"으음……."

"노태운 후보께서 전담으로 지명해 주셔서 화려하게 복귀 신고를 마쳤습니다."

6.29선언이랑 전두한이 수락 연설 할 때 선두 자리를 배정 받았다 듣긴 했다.

"잘됐군요."

"감사합니다. 이번엔 정말 제대로 하겠습니다."

"두 번 설명할 필요 없어요. 누굴 위해 일해야 하는지 결단 이 섰으면 그냥 달리세요. 뒤는 돌아보지 마시고. 그러면 영광이 아주 오래갈 겁니다."

"예, 명심하겠습니다."

"오신 김에 한 가지 팁을 드리자면 모두 다 안 된다고 할 때 반드시 솟아오를 기회가 생기는 법인데. 아세요?"

"······?"

"무슨 말이냐고요? 참고로 난 노태운 후보가 당선될 거라 믿는 사람이에요."

"예?!"

놀라는 표정이 패배를 당연지사로 여기고 있던 모양이다.

그저 야당 지도자의 품에 들어선 것으로만 만족한 것.

"믿지 않아도 좋습니다. 그러나 이 시점, 인생을 걸어 볼 요량이라면 허투루 듣지 않는 게 좋겠죠."

"아······ 제가 너무 안일했습니다. 다시금 명심, 또 명심하겠습니다."

"가 보세요. 다만 이번엔 직접적으로 부딪치세요. 한 명, 한 명이 소중할 때잖아요. 나 기자님의 이름을 각인시키기에 얼마나 좋을 때인가요."

"그렇습니다. 정말로 그렇습니다."

가라고 보내 주는 순간 얼른 달려가 충성 맹세부터 할 기세였다.

그러나 내가 원하는 건 겨우 이 정도가 아니었다.

"그게 아니에요. 셋 다 흠집 내세요."

"예?!"

"그래야 나 기자님이 살아요."

"······."

"권력에 빌붙으면 5년. 남은 생이 피곤해지겠죠. 이참에 참

다운 언론인상부터 대기자(大記者)까지 휩쓸어 보세요."

대기자란 기자들끼리 뽑는 명예직이긴 하나 기자라면 누구나 탐내고 존경을 표하는 칭호였다.

나우현의 눈빛이 변한 것도 이때였다.

"그렇군요. 노태운 후보는 어차피 흠집투성이. 굳이 건들지 않아도 김영산 후보가 가만히 둘 리 없겠죠. 이미 버린 몸이라 그에 대한 대응책도 있겠고요. 하지만 김영산 후보는 흠집이 날수록 아플 겁니다."

"공정하게요. 기자의 본분대로."

"맞습니다. 공정하게, 기자의 본분대로 잘 깨부수는 게 이번 일의 핵심이겠죠."

"대화하기가 편하네요."

"큰 깨우침이었습니다. 저를 일깨워 주셔서 감사드립니다."

벌떡 일어나 허리를 숙인다.

"아직 끝나지 않았어요."

"아, 옙."

"두 사람은 곧 헤어질 거예요. 아마도 군부 정권보다 서로를 더 싫어하게 되겠죠."

"……?"

"낭만과 신의를 잃어버린 추악한 권력욕에 관해 집중적으로 탐구해 보세요."

"……."

"아주 재밌는 일이 벌어질 거예요. 나 기자님은 그 한가운데에 서서 때만 맞추면 되겠죠. 하실 수 있겠어요?"

"방금 하신 말씀은 잘 못 알아들었지만 머지않아 알게 될 날이 올 거란 말씀 같습니다. 시켜만 주시면 무엇이든 할 수 있습니다."

"징조는 지속적으로 나타날 거예요. 그리고 그것의 절정은 국민 투표 이후겠고요. 잘 염두에 두시면 무슨 말인지 이해되실 겁니다."

"아……."

"이제 가 보세요. 결과로써 자신의 가치를 입증해 보이세요."

"물론입니다. 믿어 주신 이상으로 해내겠습니다."

전장에 나서는 무사처럼 나우현은 나갔다.

오랜만에 만났는데 차도 한 잔 안 주고 내보내 버렸건만 그나 나나 그걸 탓하는 사람은 누구도 없었다.

중요한 건 움직일 동력이지 사소한 관계 도모가 아니니까. 그런 건 나중으로 미뤄 둬도 된다. 그런 인식의 관계도 이렇듯 편했다.

"재밌겠네. 재밌겠어."

나우현의 등장으로 정치판은 다시 혼돈 속에 빠져들 것이다.

이만큼 뒷바라지했는데도 대통령이 못 되면 본역사의 노태운과 지금의 노태운이 다르다는 것일 테니 이조차도 나에겐 기꺼웠다.

라디오를 켰다.

≪자, 다음은 복싱 참피온 홍수한 씨의 친동생인 홍수천 군의 '철없던 사랑'을 듣겠습니다. 이 곡을 끝으로 우린 내일 만나요~≫

≪철없던 가슴으로 온정을 나누었지. 아픔도 모르는 채 헤어짐도 모르는 채. 타오르는 가슴으로 서로를 원하면서. 영원토록 이어져 갈 우리의 믿음이여~≫

웃음이 나왔다.

왠지 두 사람과 비슷해 보여서.

일이 잘될수록 초조해지는 김대준이 그려졌다.

사면 복권됐건만.

머리는 이전보다 더 복잡해졌다.

신당 창당 때만 해도 죄인이었다. 공식적으로 당적에 이름을 올리지 못하는 신세만 아니었다면 절대로 김영산에게 대표 자리를 넘겨주지 않았을 것이다.

경력으로 보나 투쟁의 역사로 보나 자신이 김영산보다 못할 건 없었으니.

김영산도 이 시점 너무 큰 실수를 했다.

사면 복권부터 시켜선 안 됐다. 복권한다 하더라도 본인이 직접 해야 했다. 지금이 아닌, 대통령이 된 후에.

빌미를 줬으니 딴생각을 품을 수밖에 없고 그건 곧 치명적인 독으로 작용할 것이다.

한때 철없던 사랑이 세월이 흘러 악연으로 변질되는 건 드라마에서 많이 본 클리셰였으나 그만큼 이런 일이 자주 벌어진다는 뜻이고 공감도 또한 그랬다.

뜨겁게 달아올랐던 만큼 떨어지는 생채기는 너무도 뼈아플 테고.

거기에 나우헌 한 스푼이라면.

"쿠쿠쿡."

노태운이 웃는 모습이 보였다.

그라면 나우헌을 어떻게 활용할지 알겠지.

역시나 얼마 가지 않아 김대준은 불출마 선언을 무효로 하고 출마 여부를 검토한다고 공개적으로 선언해 버렸다.

김영산으로서는 미치고 팔짝 뛸 일이 됐다.

그것도 모자라 전 국무총리였던 김종핀이 정계 복귀를 선언하며 김영산을 더욱 압박해 들었고 또 나우헌이란 기자 놈이 나타나 도대체 어디에서 캐 오는지 모를 정보로 자꾸 긁어댔다.

세상 다 가진 것처럼 굴었던 김영산은 고립을 느꼈다.

그럴수록 그는 자기 성향상 더욱 공격적이 되어 갔다. 그렇게 그는 맹렬한 비난을 당하면서도 '보통 사람'을 부르짖으며 실실 웃어 대는 노태운과 전혀 다른 인상이 되었고 헤어

나오지 못할 수렁으로 접어들게 되었다.

◇ ◆ ◇

"아무래도 제가 미국에 들어가 봐야겠습니다."

9월이 다가오는 8월 중순 무렵 정홍식이 찾아와 한 말이었다.

"미국엔 왜요?"

"그야……. 예, 솔직히 말씀드리겠습니다."

"……."

"제 눈으로 확인하고 싶습니다."

"일본의 조정을요?"

"예."

"그런 건 여기에서도 살펴볼 수 있잖아요. 나가시더라도
나중에 미국 위문 공연 갈 때 같이 나가는 걸 추천해 드리고
싶은데요."

"……."

"급할 거 없잖아요. 메간이랑 라일리가 지시를 이행 안 했
을까 봐 그러세요?"

"그것도 살펴야 하고…… 계속 마음에 걸려서요."

"괴로우셨나 보네요."

"……예."

괴로워지라고 빌어 댔으니 당연한 결과긴 한데.

살짝 미안하긴 했다.

얼마나 몸이 달았으면 나갈 생각까지 다 했을까.

"11월에 같이 나가요. 그때는 결과가 나왔을 참이잖아요. 저랑 따로 할 일도 있고요."

"……."

"절 믿으시면 그렇게 해 주세요. 메간과 라일리한테는 다시 한번 확인하시고요."

"……알겠습니다. 대신 매일 보고드리겠습니다."

"그것도 필요 없어요. 우린 3개월 단타만 먹고 빠질 테니까요."

"후우~ 어떻게 해도 안 되겠군요. 알겠습니다. 총괄님을 믿고 저도 확인하는 차원에서만 체크하겠습니다."

"그래요. 마음 편하게 먹으세요. 비록 2,500억은 날렸지만 500억은 벌었잖아요."

"……."

또 한 방의 크로스카운터.

정홍식의 푹 떨어지는 고갯짓을 즐기고 있는데 이학주가 들어왔다.

"어! 여기 다 있었네."

"오우, 어쩐 일이세요?"

"나야 이제 뒷방 늙은이라 하는 일도 없고 서독 소식이나 전해 주러 왔지."

"서독이요? 뭔데요?"

31

"지금 오스트리아에 레드볼이 나왔단다."

마테슈윈츠가 기어코 일을 저지른 모양.

"진짜로 나왔네요. 파워스가 시장을 다 먹고 있는데. 대표가 그 사람이죠?"

"맞아. 네 말이 맞았어."

"강 대표님은 뭐라세요?"

"상표만 다르고 맛은 거의 비슷하다더군. 소송으로 갈까 검토 중인데 나서기도 전에 핸들러가 공격을 시작했대."

"어떻게요?"

"오스트리아야 남의 나라이고 생산지이니 어쩔 수 없더라도 다른 지역으로의 진출을 막기로 결정 봤나 봐. 뭐 오스트리아에서도 대대적인 할인 행사에 들어갔어."

"말려 죽일 작정이네요."

"그런 셈이지."

재빨랐다.

파워스는 연간 생산량이 1억 캔을 넘어선 지 오래. 앞으로 얼마나 더 커질지 모를 잠재력마저 있었다.

핸들러 입장에선 경쟁자는 애초 싹부터 밟아 없애 버리는 게 좋았을 테고 나부터도 그렇게 했을 것이다. 마테슈윈츠 입장에서는 불운이겠지만.

"핸들러들이랑 협의해서 좋게 시작한 게 다행이네요."

"맞아. 강 대표 얘길 들어 보니 레드볼이 다 불쌍해 보일 지경이래."

"눈치 보다가 적절할 때 나서서 인수해 버리세요."

"으응?"

"공장이 하나 더 생기는 거잖아요."

"……이게 그렇게 되나?"

"핸들러랑 상의해서 좋은 값으로 사들이세요. 그쪽 대표한테 오스트리아 지사장 자리를 약속하면 얼씨구나 손잡을 거예요."

"하긴 그게 피를 덜 흘리는 방법이긴 하겠네. 알았다. 강 대표에겐 그리 전할게."

이 정도면 다 해 줬다고 봤다.

원역사에서도 레드볼이 세상에 나타난 건 87년.

파워스는 84년. 게다가 한국인 특유의 근면·성실로 유럽 시장을 석권하는 중.

레드볼은 설 자리가 없었다.

마테슈윈츠 입장에선 물러설 곳이 없겠지만, 실패는 기정사실이었다.

"투자한 비용 정도는 빼 준다고 하세요. 그 이상 까불면 전쟁이고요."

◇ ◆ ◇

"그대는 언제나 곁에 있지만 내겐 보이지 않아요. 그대는

33

언제나 마음에 있지만 그대는 나를 보지 않아요. 그립다 말하면 무얼 해. 시선이 멀리 있는 걸~."

민애경이 한창 '그대는 인형처럼 웃고 있지만'을 부르고 있었다. 강인언이 쓴 곡으로 그녀의 다음 타이틀이었다.

이 곡이 완성될 즈음, 고대하던 9월이 왔고 개학과 동시에 일본 증시는 뜻 모를 하락을 겪었다. 덩달아 정홍식도 얼굴이 시뻘게졌다.

미리 설명했듯 별스럽게 굴 일은 아니었다. 86년에도 이런 적이 한 번 있었고…… 그땐 약 두 달간 2,500P 정도 까먹었는데 금세 반등했다.

지금도 내려갈 때가 있으면 올라갈 때가 있는지라 다들 낙관하는 분위기이긴 한데.

아쉽게도 진폭이 좀 컸다. 세 달간 5,000P.

정홍식을 불렀다.

"시작됐어요."

"……예."

고개를 잘 못 든다.

"11월 중순부터 총력을 다해 매집해 주세요. 아마도 이번이 마지막 기회일 테니까요."

"11월 중순……입니까?"

"예, 11월 중순부터 가진 전부를 털어 넣는 거예요. 11월 말엔 옵션 권리를 행사하고요."

"11월 중순, 11월 말⋯⋯."

멍하다.

"대표님."

"아, 예."

"정신 차리셔야죠."

"⋯⋯죄송합니다."

"겨우 이런 것에 흔들리면 되겠어요? 앞으로 수십억 달러를 쥐고 흔들 분이."

"예?"

"모르세요?"

"⋯⋯."

설명이 필요한 얼굴이었다.

"단적으로 보죠. 킴벌리클라크에게 분기별로 받는 로열티가 얼마죠?"

"그게⋯⋯."

"얼마인지 모르세요?"

"아닙니다. 점점 늘어나는 추세긴 한데 가장 최근 것이 2천만 달러 정도 됩니다."

"더 늘어나겠죠. 이제 시작했으니까. 근데 이게 세계로 퍼져 나가면 얼마나 나올까요?"

"아⋯⋯."

"분기별로 최소 1억 달러 이상 꽂히는 거예요. DG 인베스트에."

"……!"

"그깟 2,500억이잖아요. 겨우 3억 달러. 대표님은 이미 이런 투자사의 수장이라고요. 아시겠어요?"

"죄송합니다. 본분을 잊고 있었습니다."

"괜찮아요. 진짜는 아직 시작도 안 했으니까요."

"예?"

"그런 게 있어요. 그러니까 이번 일 잘 처리해 주세요. 뚝심을 갖고요."

"예, 알겠습니다."

다시 말하지만 이번에 50억만 투자한 건 정말 잘한 일이었다.

적당히 먹고 적당히 빠졌으니 세력의 눈에 띄지 않을 테고 띄었다 해도 우연이라 생각할 것이다.

자신이 무엇을 했는지 모른 채 축 처진 어깨로 돌아가는 정홍식을 보며 미소가 나왔다.

"충분히 자기 몫을 하신 겁니다. 이번 일도 앞으로 큰 자양분이 될 거고요."

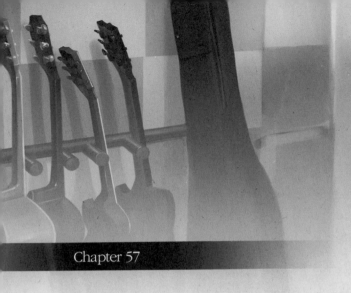

Chapter 57

약진하는 DG 인베스트와는 달리 1987년의 9월은 내겐 악몽과도 같았다. 마치 매년 맞는 11월의 현신같이.

일요일 외 쉬는 날이 하나도 없는 달이었다.

무척 괴로운 달.

토요일까지 등교해야 하는 입장에서 정말 죽을 맛이라.

"흠…… 내가 다 불쌍해 보일 지경이네."

이 암흑과도 같은 달에 나처럼 죽을 쑤는 인물이 한 명 더 있었다.

김영산.

김대준과의 야권 대선 후보 단일화 회담이 최종 결렬되었다는 소식이 전국으로 퍼져 나갔다.

얌전히 있던 충청도의 김종핀도 보란 듯이 대선 출마를 선언했다. 표가 쫙쫙 갈라지는 소리가 들렸다. 노태운이 껄껄껄 웃는 얼굴이 그려질 정도로.

그렇게 9월이 지나가고 10월이 왔다.

10월은 또 9월과는 달리 휴일의 황금 라인을 형성하고 있었다.

국군의 날, 개천절, 한글날이 추석 연휴와 겹친다.

오필승으로서는 2일과 5일에만 휴가 내면 장장 11일의 초장기 연휴가 되는 달.

9월 죽 쑨 보상 심리인지 결정을 내렸다.

"모두 휴가 쓰고 집으로 출발하라고 하세요."

"예?!"

"도 실장님도 싹 다! 한 명 예외 없이 전부 12일에야 출근하는 겁니다."

"총괄님…… 아무리 그래도 그건……"

"미리 명절 떡값 지급하세요. 오필승은 그때까지 휴무입니다."

"총괄니~임."

"이런 때도 있어야죠. 찔끔찔끔해서 언제 휴가 다 써요. 팍팍 밀어붙여 주세요. 부탁이에요."

내 입에서 '부탁'까지 나오고서야 도종민도 한발 물러섰다.

"휴우~ 알겠습니다. 하여튼 대단하십니다. 우리 총괄님의 직원 사랑은."

"직원이 활기차야 회사도 힘이 나죠."

"그럼 특수 직종을 제외한 전부를 해당 사항에 넣겠습니다."

"예~예."

가수와 매니저, 경호원 외 전부가 휴가길에 올랐다.

사무실은 텅 비었지만.

그러나 연습실은 언제나 그렇듯 1년 무휴.

누구나 언제든 자유롭게 오갈 수 있었다.

그렇게 모두가 즐거운 11일간의 연휴가 지나갔고. 잘 먹고 잘 쉬었는지 살이 포동포동 올라 출근한 직원들을 보며 뿌듯해하고 있을 때.

국회에선 '대통령 직선제'를 골자로 한 제9차 헌법 개정안이 본회의에서 찬성 254, 반대 4로 의결되었다.

의결된 절차에 따라 보름 후인 10월 27일이 국민 투표일로 공표되고.

투표율 78%, 찬성 94%에 달하는 압도적인 표차로 개헌안이 최종 통과되었다.

이에 정부와 여당은 13대 대통령 선거 투표일을 12월 16일로 확정했고 이 안을 받은 전두한이 9차 개정 헌법을 공포하며 개헌을 완성시켰다. 헌법 재판소가 설립된 건 덤이고.

우리도 바빴다.

"준비는 다 끝났나요?"

"초청된 가수들부터 매니저까지 모든 준비를 마쳤습니다."

"달리 제가 알아야 할 사항이 있나요?"

"없습니다. 내일 비행기에 오르시면 됩니다."

국가가 새로이 개정된 헌법으로 대통령 선거에 돌입하고 있을 때 우린 딜레이된 미국 위문 공연 길에 오르게 됐다.

"가수들 사기는 어떤가요?"

"다들 충천합니다."

"그런가요?"

"아무렴요. 국가 대표인데요."

해외에서는 한국 방송이나 한국 소식을 제대로 들을 수 없던 시절이었다.

이 시기 위문 공연이란 이런 의미에 가까웠다.

단순한 공연이 아니라 각박한 타지, 익숙지 않은 문화와 관습에 지친 교포들에게 주는 청량음료 같은 역할. 모국에 대한 향수와 갈증을 달래 줄.

당연히 공연하는 연예인들에게도 뜻깊긴 마찬가지였다.

외국 방문이 어렵던 시절이 아니던가.

한창 미제 바람이 불 때라.

때마침의 미국 위문 공연은 그들에게도 명예임과 동시에 동경하는 나라를 밟아 볼 기회였다. 항간에는 서로 오려고 싸웠다는 얘기도 들리고.

대규모 위문 공연단이 꾸려졌다.

구창무, 김수천, 심수봉, 이선이, 최진이, 김완서 등등 조용길은 원톱으로 가야 했고 김희각, 김병존, 심영래, 김한래 같은 코미디언에, 국악계, 공연계에서도 내로라하는 인물들로만 섭외, 워싱턴 D.C.부터 미국 13개 도시를 순회하는 일정이었다.

"완서는 해외 공연이 처음인 데다 미국 가는 게 너무 설렌다고 합니다. 요즘 신경 쓰여 연습도 더 열심히 하고 잠도 잘 못 잔다고 하네요."

"기합이 바짝 들었네요."

"예, 하하하하."

90년대에 생긴 위성 TV와 2000년대 인터넷의 보급으로 점차 그 열기가 식긴 했지만, 아직은 어림없었다. 연예인도, 모국에서 온 연예인을 맞아 주는 교포들도 일생에 한 번 만날지 모를 기회였다.

순수의 시대.

나는 그 순수를 지키기 위해서라도 더욱 열심히 달려야 할 의무가 있었다.

"대표님, 일정 체크 좀 해 볼까요?"

옆에 앉은 정홍식에게 물었다.

미리 말한다. 나는 공연단과 같이 출국하지만, 함께 움직이지는 않는다.

내가 미국에 온 이유는 위문 공연을 핑계 삼아 다른 일을 처리하기 위해서였으니.

정홍식이 씨익 웃었다.

"아까부터 대기하고 있었습니다."

◇ ◆ ◇

"말도 안 돼. 라일리 넌 이게 이해가 돼?"

"나도 안 돼. 나도 마찬가지라고. 어떻게 그걸 예측할 수 있지?"

"일본 시장은 그렇다고 쳐. 우리 대표님은 괴물이야? 어떻게 블랙먼데이를 알아챈 거야?"

"일본 시장도 그렇다고 칠 만한 수준은 아니지. 우리가 그렇게 쳐다보고 있었는데 전혀 몰랐잖아."

"그야……."

"메간, DG 인베스트에 입사 이후 줄곧 분석해 온 게 일본 시장이야. 이건 말이 안 되는 일이라고."

내가 워싱턴 D.C.행 비행기에 올랐을 때 메간, 라일리 짝꿍은 풀리지 않는 문제로 골머리를 잡고 있었다.

연말에나 오려나, 너무 바쁘면 연락이나 줄 줄 알았던 정홍식이 뜬금없이 7월에 전화해서는 일본 투자를 올스톱시켰다. 또 멀쩡하면서도 상승세인 증시를 두고 '풋'을 날리라고 하였다.

격하게 반대했다.

그러면서도 혹여나 놓친 게 있나 싶어 족히 백 번은 검토해

봤을 것이다.

틀리지 않았고 예상대로라면 일본 시장은 계속 성장세여야 옳았다.

그런데 9월이 되자마자 정말 마술 같은 일이 벌어졌다. 고개를 푹 꺾은 그래프가 10월이 돼도 반등은커녕 미친 듯이 하강하는 것이다. 물론 직급이 깡패라고 50억 원어치 사기는 했다. 절대로 책임지지 않겠다 못 박으며.

그러던 중 또 전화가 왔다.

일본 시장이 이렇게 될 줄 어떻게 알았냐고 물어도 답은 하지 않고 11월 중순이 되면 매집하라는 것이다. 옵션 행사는 11월 말에 하고. 또 듣보잡의 누군가와 미팅을 잡으라나 뭐라나.

"이게 어떻게 된 일이지?"

"아니, 그것도 그렇지만. 나는 이게 더 이해가 안 돼. 블랙먼데이를 예측했다면 왜 안 들어간 거?"

블랙먼데이는 순항하던 뉴욕 증시가 10월 19일 월요일에 들어 순식간에 508포인트, 22.6%나 폭락한 사건을 말한다.

그 충격 때문에 다우존스 산업 평균 지수가 아직도 바닥에서 허덕이는 중이었다.

그때 메간이 눈을 크게 떴다.

"설마……."

"혹시 아는 거 있어?"

"라일리, 몰라? 그 일이 벌어지고 난 후 미국 재무부에서 난리가 났잖아. 세력이 있다며, 범인을 잡겠다고."

"아아~."

"그때 우리가 들어갔으면 어떻게 됐을까?"

"아아, FBI가 쳐들어왔겠네."

"싹 쓸려 갔겠지?"

답을 하곤 또 화들짝 놀라는 두 사람이었다.

"뭐?!"

"헉!"

눈이 휘둥그레.

서로의 얼굴을 바라보나 답은 나오지 않았다.

"설마 이것마저 예측한 건 아니겠지?"

"……."

"정말 대표님은 괴물인가?"

"왜 아니야! 뜬금없이 전화해서는 10월 중순 다우존스를
잘 보라고 했잖아. 절대 들어가지 말라고 신신당부했잖아."

"아, 몰라. 몰라. 몰라. 몰라~~~."

"나도 머리 아파."

"그래, 더 생각하지 말자. 그냥 괴물이라 생각하자."

"그래, 이번에 오신다는데 그때 물어보자."

그러곤 또 스윽 서로의 눈을 쳐다보는 두 사람이었다.

메간이 먼저 던졌다.

"그래, 그러면 되겠네……. 점심도 됐고 아무것도 모르는

우린 그만 밥이나 먹으러 갈까? 고민했더니 배가 고프네."

"던컨 스테이크 하우스?"

"오오, 좋지. 그리로 가자고."

◇　◆　◇

대통령 선거 캠프.

노태운 진영.

"최고 1번이 경제 문제 해결이라는 거제?"

"예, 맞습니다. 정권 교체나 자유의 확대가 큰 이슈임은 분명하나 아직도 새마을 운동의 향수를 그리는 이들이 많습니다. 우린 그 계층을 공략해야 합니다."

"으음, 그렇겠제. 보릿고개를 넘은 지 얼마 안 됐다 아이가. 아직도 해외 원조를 받는 실정이고."

대한민국은 1995년까지 해외 원조를 받는 국가였다.

1996년에 들며 세계 최초로 원조받는 국가에서 원조하는 국가로 돌아서긴 했지만.

"자유도 주고 원하는 거 다 해 주고 잘살게 해 주겠다는 게 최고제?"

"예, 국민은 모름지기 먹는 것부터 해결해 줘야 따르기 마련입니다."

"좋다. 그걸 1번으로 가자."

"알겠습니다."

"다음은 뭐꼬?"

"사회 부조리 척결입니다."

"아아, 그건 됐다."

손을 휘저었다.

"예?"

"그건 내가 싹 다 준비했다. 다음으로 넘어가라."

"하지만……."

"위원장아, 내가 준비했다 캤잖아."

"아, 예. 그럼 다음으로 넘어가겠습니다."

이후 노태운은 선거 대책 위원장의 브리핑을 가만히 듣기만 했다.

당에서 마련해 준 공약이었다.

경제 문제 해결, 사회 부조리 척결, 농어촌 문제 해결, 빈부격차 해소, 국민 기본권 신장. 총 다섯 개 부문으로 정리했다.

이것으로 선거를 치르라는 것.

무슨 말인지는 잘 알겠다. 무슨 얘기를 하려는 건지도. 타깃으로 정한 층도 사회 안정을 추구하는 보수층이라.

말하고자 하는 핵심이 피부에 와닿았다.

참으로 교과서적인 공약이긴 한데.

5%도 아니고 10%도 아니고 30%가 부족했다.

'이 새뀌들. 다음은 안 보나 보네.'

이들은 자신을 대통령으로 만드는 데만 혈안이었다. 다음은 생각지도 않은 것.

야당의 분열이 호재임이 분명하지만.

그로 인해 당선될 가능성 상승했다지만.

당은 대통령만 보고 자신은 살피지 않았다.

'장대운이…….'

물론 꼬맹이가 준 방도도 이 사태를 해결하는 건 아니었다.

대통령이 돼서부터나 가능한 것들만 던져 주었다. 지금은 쓸 수 없는 것들로만.

그러나 이들과는 달리 자신을 위했다.

또 통렬하게 관통하는 맛이 있었다.

큰 거 한 방.

'비교하니 더 잘 알겠다. 내를 살리려는 게 맞다. 대운이 고 자슥. 신통한 자슥이.'

확연해졌다.

누구의 말을 따라야 하는지.

대통령이 되며 따라올 부귀영화가 더럽게 아깝긴 하지만, 그 길로 가서는 뒤가 없는 걸 알았다. 지금부터라도 제대로 처신하지 않으면 남은 인생은 참으로 꼴사납게 변할 것이다.

'낮추라고 했지? 낮추면 낮출수록 높아질 거라고. 그렇다면 내를 낮출, 국민이 편히 다가오게 할 무언가가 필요하다……!!!'

그 순간 눈이 번뜩.

모든 공약을, 현 포지션을 완벽하게 뒤집을 캐치프레이즈가 떠올랐다.

꼬맹이 놈과 만날 때마다 사용했던 그것.

'그래, 보통 사람. 보통 사람이다. 내를 보통 사람으로 인식시켜야 한다. 그래야 내가 산다. 이것부터가 시작이다.'

◇ ◆ ◇

워싱턴 D.C.에 도착한 위문 공연단이 하루 푹 쉬며 시차 적응을 하고 있을 무렵 난 정홍식과 내 붙박이 백은호와 함께 뉴욕의 맨해튼으로 날아갔다.

그냥 궁금해서였다.

벌써 3년 넘게 생활했지만 한 번도 보지 못한 우리 식구들.

DG 인베스트란 팻말이 걸린 문 앞, 그래서 알리지도 않고 왔건만 입구에서부터 내가 오는 것을 알았다는 듯 페이트 5집 수록곡 It's My Life가 울리고 있었다.

"환영 인사가 거한데요."

"이게 무슨 일인지……."

소리가 생각보다 컸다. 소리의 크기만큼 정홍식의 당황도 커졌다. 장학사 앞에서 엉망인 반을 들킨 담임같이.

"왜요? 듣기 좋구만."

"……그런가요?"

"들어갈까요?"

"예."

정홍식이 문을 열자 같이 컴퓨터를 보고 있던 두 사람이 눈이 동그래져서 이쪽을 쳐다봤다.

메간과 라일리였다.

"어! 보스."

"보스다!"

와아아아아

음악도 끄지 않고 달려와서는 일본 시장 조정을 어떻게 알았냐느니 블랙먼데이는 무슨 수로 알았냐느니 재무부가 난리 칠 걸 알고 있었냐느니 질문을 퍼부어 댔다.

잠시 받아 주면 끝날 거라는 예상을 넘어선 환영이라 정홍식은 둘을 강제로 자리에 앉혔고 음악부터 껐다.

"말해 줄게. 말해 주면 되잖아. 그러니까 앉아."

"아, 예."

"빨리 말해 주세요."

안달복달.

마치 사탕을 앞에 둔 어린아이 같은 두 사람 앞에 나를 세웠다.

폭탄선언을 했다.

"보스, 이 녀석이 메간이고 요 녀석이 라일리입니다."

"보자마자 알았어요. 무척 활기차네요."

"보, 보스?!"

"보스! 이게 무슨 일이에요?"

황당.

"뭐긴 뭐야? 진짜 보스의 등장이시지. 너희를 스카우트하고 여태 공부시키고 또 이번 일도 막후에서 조종한 실력자. 이분이 DG 인베스트의 진정한 보스시다. 어서 인사드려."

"……."

"……."

"……."

"……."

"에이, 놀리지 마시고요. 무척 귀엽게 생겼다고는 생각하고 있었다고요."

"맞아요. 환대해 주지 않아서 그러시는 거 알아요. 미안해요. 예의가 아닌 건 아는데 우리가 워낙에 정신이 없어서 그랬어."

부정한다.

그러든 말든 정홍식은 분부를 기다린다는 자세를 갖췄다.

"어떠십니까? 씩씩하긴 하죠?"

"마음에 들어요. 티 없는 것도 좋고요. 그런데 두 사람으로 되겠어요? 몇 명 더 뽑아도 될 법한데."

"그러십니까? 너희들 들었지? 보스께서 몇 명 더 뽑아도 된다시니까, 너희 후배 중에서 쓸 만한 놈으로 데려와라."

"에엑!"

"진짜예요?"

"참고로 보스의 이름은 장대운이시다."

"장대운?"

"장대운? 분명 어디서 들어 봤는데."

고개를 갸웃갸웃.

어리둥절한 둘에게 가까이 다가갔다.

"일본 시장의 조정을 어떻게 알아맞혔는지 궁금해요? 블랙 먼데이가 벌어질지 어떻게 알았는지 궁금해요?"

"⋯⋯."

"⋯⋯."

"원래는 무덤까지 가지고 가려 했는데, 우리 식구니 특별히 알려 줄게요. 대신 대외비입니다."

"⋯⋯."

"⋯⋯."

멍하니 본다.

"대답 안 해요?"

"아, 알겠습니다."

"예."

"쉬워요. 레이거노믹스, 플라자 합의를 조사해 보세요. 그러면 어느 정도 핵심에 다다를 수 있을 거예요."

"⋯⋯."

"⋯⋯."

또 멍~~.

몸을 돌렸다.

"대표님, 이제 돌아갈까요?"

"벌써 가시려고요?"

이번엔 정홍식이 더 놀랐다.

"우리 식구가 궁금해서 달려온 것뿐이에요. 보고 싶어서
요. 내일 미팅도 있으니 이만 돌아가야죠."

"그러지 마시고 뉴욕에 왔으니 뉴욕 스테이크라도 드시고
가시는 건 어떠십니까?"

"뉴욕 스테이크요?"

내가 반응을 보이자 정홍식이 얼른 메간을 돌아보았다.

"계속 그렇고 얼빠져 있을 거야? 보스께서 뉴욕 스테이크
를 드시고 싶으시다잖아. 괜찮은 데 없어?"

"……아, 그게…… 이, 있어요. 던컨 스테이크 하우스."

"그럼 뭐 하고 있어? 빨리 안내하지 않고. 메간, 보스를 이
렇게 돌려보낼 셈이야?! 식사 대접도 않고?!"

"아닙니다! 얼른 준비하겠습니다!"

이곳으로 날아온 건 순전히 호기심이었다.

조금 늦는다고 메간, 라일리가 어디 가는 것도 아니고 위문
공연 일정에도 뉴욕은 들어가 있었지만, 너무 보고 싶어서.

'잘 온 것 같아.'

상상보다 더 재밌었다.

당황한 가운데에서도 빛나는 눈동자들과 마주칠 때마다 내가 다 들뜨는 것 같았다.

스테이크를 먹는 둥 마는 둥 샐러드가 입으로 들어가는지 코로 들어가는지 정신없는 두 사람이 스테이크보다 더 즐거웠다.

시간이 지날수록 정홍식의 말이 진실임을 깨달았는지 잔뜩 얼어서는 11월 중순부터 우량주 매집을 시작해 달라는 지시와 11월 말 옵션 행사에 대한 간단한 당부에도 무조건 충성을 외쳤다.

귀여웠다.

그래서 웃으며 워싱턴 D.C.로 돌아올 수 있었다.

더 재밌는 건.

뉴욕까지 다녀왔음에도 우리가 어디에 갔다 왔는지 아는 사람이 없다는 것이다.

조용히 위문 공연단에 스며들었고 다음 날 또 우린 스르르 사라져 미국 서부로 날아갔다. 근 4천 km를 말이다. 이름도 비슷한 워싱턴주의 큰 도시, 시애틀로.

"보스, 하나 물어봐도 됩니까?"

"예."

"이 회사에는 왜 온 거죠?"

"돈 벌러 왔죠."

"돈이요?"

"이 회사에 인류의 미래가 있어서죠."

"인류의 미래요? 이곳 마이크로소프트사예요?"

"예."

아무렴.

지금은 아직 기업 공개도 하지 않은 무명의 회사라지만.

머지않아 IT 업계의 전설이 될 것이다.

"이곳에 큰 기회가 있거든요."

"기회……요?"

"지금이 아니면 안 되는 결정적인 기회."

"……."

"물론 오늘은 안면이나 트러 온 거예요. 제안은 하겠지만, 씨알도 안 먹히겠죠."

"저는…… 잘 이해가 안 갑니다."

"그냥 지켜만 보세요."

약속 시각이 다 되어 성큼 사무실로 들어서니 리즈 시절의 빌 게이트가 우릴 맞이했다. 정확히는 나를 힐끔 보고는 정홍식에게 손을 내밀었다.

나는 씨익 웃었고 정홍식은 그의 손을 잡는 대신 나를 소개했다.

움찔, 잠시 머뭇댄 빌 게이트는…… 세계 1등 갑부로 가장 오랫동안 이름을 날렸던 젊은 남자는 역시 피식 웃으며 나를 맞이했고 당연히 대화는 그리 길게 이어지지 않았다.

투자 제안은 거절.

웃으면서 밀어내는 그는 자신감이 넘쳤고 오만하기까지 했다. 2000년대의 현기 서린 눈빛은 없었고 언제든 약 들이켜고 폭주해도 이상하지 않을 만큼 광기가 서려 있었다.

과연.

이 정도가 됐으니 실리콘밸리의 악마로 불렸겠지.

나오며 이런 말을 던졌다.

"언젠가 DG 인베스트가 마이크로소프트사의 친구가 될 자격이 있음을 증명할 날이 올 겁니다. 그때는 우리의 제안을 심사숙고해 주시기 바랍니다."

쿨하게 나와서 쿨하게 숙소로 돌아가려다 너무 날씨가 좋아 핸들을 돌렸다.

모처럼 시간이 남아도는데.

시애틀의 뙤약볕이나 즐기고 가자며 한적한 커피숍에 들렀다.

"저는 아아요."

"예?"

"아! 아이스 아메리카노요."

"예."

주문하러 갔던 정홍식이 미간을 찌푸리며 돌아왔다.

"아이스 아메리카노는 없다고 합니다. 당최 이해를 못 하는 표정이더라고요. 커피를 어떻게 차갑게 마시냐면서요. 뜨거운 커피밖에 없다는데 그거라도 시킬까요?"

"그럼 시원한 주스로 주세요."

"예."

간단하게 요기할 먹거리랑 커피, 주스를 쟁반에 담아 오는 정홍식이었다.

커피를 집던 정홍식이 화들짝 놀라 손을 털어 댔다.

"앗! 뜨뜨."

"괜찮으세요?!"

"아, 괜찮습니다. 제가 워낙에 순발력이 좋아서. 하하하하하, 이 말은 좀 아닌가요?"

"화상 입으신 건 아니죠?"

"예, 이렇게 뜨거울 줄은 몰랐습니다. 식혀서 먹어야겠군요."

나도 살짝 손을 대 봤다.

살벌하다.

지옥에서 솟은 용암수도 아니고 이런 걸 지금 마시라고 준 건지.

"컵홀더 같은 건 없나요?"

"잠시만 알아보고 오겠습니다."

갔다가 또 금방 온다.

"그게 뭐냐는 표정을 짓는데요. 뜨거운 거 집을 때 사용하는 게 없냐니까 빵 구울 때 쓰는 장갑을 꺼내서 그냥 왔습니다."

그러고 보니 다들 호호 불면서 겨우 마시고 있었다. 만질 생각은 못 하고 입만 대고 살살 말이다.

옴마야.

머리가 번뜩.

"오오, 이거 엉뚱한 데서 유레카를 외치게 되네요."

"예?"

정홍식은 뭔지 모르는 표정을 짓지만, 나로선 좀 충격이었다.

당연히 있을 줄 알았다.

한국에 커피 문화를 전파한 것이 미국이었고 글로벌 미국 다방이 엄청난 성공을 거두며 일상 속 자연스레 스며들었듯 그것도 또한 그렇게 함께 있을 줄 알았는데.

없다.

"문구사 좀 들려 주세요."

"아, 예."

먹잇감을 포착한 이상 한가롭게 주스랑 케이크 같은 걸 놀릴 시간이 없었다.

후딱 먹고 일어나 두꺼운 골판지를 사서 숙소로 들어갔다.

얻어 간 컵의 둘레를 재고 맞추길 몇 번, 아주 익숙하고도 말끔한 물건을 만들었다.

컵홀더. 그러니까 이름을 세이프핸드라 지어 봤다.

"으흠, 이 정도면 된 건가? ……아니야. 아니야. 이거론 부족해."

세이프핸드는 컵을 쥘 수 있게 해 주는 물건이라지만 찰랑찰랑 넘치게 따라 주는 커피는 반드시 뚜껑이 필요했다.

테이크아웃을 위해서라도 뚜껑은 필수.

정홍식을 부르려다 말았다. 이 건은 뚜껑까지 합친 세이프 세트로 가야겠다.

그러려니 또 정홍식이 아쉬웠다. 뚜껑은 플라스틱 재질이라 단순 작업으로는 만들 수 없었다.

도움이 필요하다.

어쩔 수 없이 그를 불렀다.

"이 컵에 뚜껑을 씌우려 하는데 만들어 줄 수 있나요?"

"어떤 식으로요?"

생각보다 적극적이라.

골판지를 사다가 방으로 들어간 지 1시간,

나름 예상은 하고 있었던지 갑자기 불렀음에도 정홍식은 침착히 받았다.

먼저 컵에 물을 가득 담았다.

"이 물이 뜨거운 커피라고 쳐요. 들고 나오면 흘릴까요? 안 흘릴까요?"

"애초 들 수나 있을지 모르겠지만 들 수 있는 사람이 있다 해도 몇 걸음 안 가 꽤 많은 양을 흘리겠네요."

"손을 데겠죠?"

"십중팔구 그렇게 될 겁니다."

"세이프커피는 그걸 방지하려는 거예요."

"벌써 이름도 지으신 겁니까?"

"이런 디자인이었으면 좋겠어요."

한쪽으로 기울어진 원뿔 디자인.

그 끝에 살짝 구멍이 뚫려 있다.

"이 구멍은 뭔가요?"

"김이 나갈 통로요. 어쨌든 식혀야 하잖아요."

"이거 괜찮네요. 정형 업체가 필요하신 거죠? 찾아보겠습니다. 워낙에 간단한 형태라 금형만 맞추면 쉽게 제작하겠네요."

"좋네요."

"특허죠?"

"예."

"몇 군데 돌아보고 만들어 오겠습니다. 며칠이면 되지 않을까요?"

며칠도 걸리지 않았다.

어차피 위문 공연의 다음 일정이 뉴욕이라.

다음 날로 다시 4천 km를 날아 동부 뉴욕으로 간 우리는 아무런 일도 없었던 것처럼 행동했고 한인타운으로 간 정홍식은 작은 정형 업체를 찾아 결과물은 물론 도면까지 받아 왔다. 간 김에 차가운 커피를 담을 뚜껑도 덤으로 제작했다.

"······."

살짝 미안하긴 했다.

이럴 거면 굳이 첫날 뉴욕에 오지 않아도 됐을 텐데.

내 변덕으로······. 싫은 말 한마디 하지 않고 해 달라는 대

로 다 해 주는 정홍식의 노고에 다시 한번 감사해하며 완성된
세이프세트를 설명해 줬다.

"세이프커피는 보셔서 아시겠지만 세이프핸드는 뜨거운
커피잔을 집기 위해 만든 거예요. 나중에 가면 차가운 커피에
도 당연히 필요하게 될 거고요……."

"차가운 커피에도 필요하다고요?"

"차가운 물건 주변에 수증기가 응결되는 현상을 생각해 보
면 쉽게 판단이 되실 거예요. 손이 젖으니까요."

"오오, 그런 심오한 뜻이 있었군요."

"이 세 가지를 모두 특허로 내 주세요."

"특허 내는 건 어렵지 않은데 이것도 통할까요?"

경제성이 있냐는 것.

"통하죠."

"……?"

경제성이 있다면 얼마나 되겠냐는 표정에는 답해 주지 않
았다.

"나중에 천천히 알게 되실 거예요. 세이프세트는 앞으로
커피 전문점에서 절대 빼놓지 못할 소모품이 될 거니까요."

"알겠습니다. 이도 역시 다른 것과 마찬가지로 가실 거죠?"

"예, 일단 제 이름으로 하고 소유권은 나중에 넘길게요."

"한국만 오필승으로 하시고요?"

"예."

이렇게 대충 일정이 마무리되나 싶었다.

위문 공연은 한참 남았다지만 계속 따라다닐 필요가 없었고 본래 목적인 메간과 라일리, 빌 게이트까지 봤으니 다 이뤘다고 봤다.

며칠 관광이나 하다 한국으로 돌아갈 생각이었는데.

다음 날이 되어 조식 먹으러 나가다 깜짝 놀라고 말았다.

호텔 로비에 기자들이 쫙 깔렸다.

이 호텔은 위문 공연단이 전세 낸 터라 기자들이 올 일이라면 분명 우리 일이었다. 순간 날 잡으러 왔나 움찔했지만, 기자들의 시선은 전혀 나를 의식하지 않았다.

조사해 봤더니.

첫날 워싱턴 D.C.에서 조용길이 La Bamba를, 윤신애가 Take My Breath Away를 불렀고 그에 자극받은 윤수인까지 요즘 한창 핫한 페이트 5집 수록곡 With Or Without You 불러 제낀 것이다.

그때 멈췄으면 좋았는데.

이에 질세라 조용길이 또 막 출시한 페이트 6집 타이틀이자 선봉곡인 To Be With You를 불러 버린 것.

워싱턴 D.C. 공연까진 우연의 일치거나 따라 부른 거라고 봤으나 뉴욕 공연은 아니었다.

금세 제보가 이어졌고 이 사달이 난 것이다.

"어쩌죠?"

여기에서 페이트의 존재가 드러났다간 무슨 일이 벌어질지 몰랐다.

"아무래도 빨리 입국하셔야겠습니다."

"그러는 게 좋겠죠?"

"가수들 입단속은 조용길 씨에게 부탁해 놓을 테니 오늘 백 대리와 바로 돌아가시죠."

"알았어요."

얼른 짐 싸서 케네디 공항으로 갔고 그렇게 내 첫 미국행은 허무하게 끝났다.

◇ ◆ ◇

입단속을 시켰다지만.

알 권리에 대한 투철한 사명감이 있는 사람이 끼어 있었는지 페이트가 왔고 또 열 살 넘은 어린아이라는 말이 잠시 나돌았다고 한다.

다만 믿어 주는 기자가 없어 해프닝으로 끝났다고 하는데…… Are you kidding me? 놀리는 거냐고 오히려 역정을 냈다는 뒷말도 들었다.

다행이라는 안도도 잠시, 김연은 생각보다 일찍 돌아온 나를 놓치지 않았다.

곧바로 따라붙으며 무한 앨범 러시를 강행했다.

"이문셈 앨범이 나옵니다. 타이틀은 '사랑이 지나가면'으로 갈 예정인데, 날짜는 언제로 잡았으면 좋겠습니까? 저는 이 달을 넘기지 않았으면 하는데. 확정 지어 주십시오."

"박남전 1집 '아! 바람이여'도 준비를 마쳤습니다. 이제 본녹음만 들어가면 바로 발매 가능한데 더 준비할 게 있을까요?"

"이태오의 앨범 타이틀을 두고 고심이 많습니다. '미스 고'로 갈지 '혼자랍니다'로 갈지 가수는 '미스 고'가 좋다고 하는데 전 '혼자랍니다'가 맞는 것 같고 아직 갈피를 못 잡고 있습니다. 어느 것이 좋을까요?"

"장혜린 2집 '추억의 발라드'가 7월 발매 이래 순항 중입니다. 혜린이가 점차 자리를 잡아 가는 것 같습니다. 아마도 3집에서 승부가 갈릴 것 같습니다."

"민애경의 귀국 2집 '그대는 인형처럼 웃고 있지만'이 나오자마자 반응이 좋습니다. 생각보다 빠르게 올라오고 있는데요. 강인언과 합이 좋은 것 같습니다."

"김완서도 순항 중입니다. 2집 '나 홀로 뜰 앞에서'가 히트쳐 '한국의 마돈나'로까지 불리고 있습니다."

"수와 준 2집도 막바지입니다. 워낙에 단정한 친구들이라 다른 걱정은 없고 '파초'를 타이틀로 갈 생각인데 어떠십니까?"

"푸른하눌의 보컬 이덕신이 갑자기 탈퇴를 선언했습니다. 연유는 하드락을 추구하고 싶은데 유영섭이 너무 간지러운 음악만 한다는 거였습니다. 푸른하눌은 현재 보컬이 없는 상태로 빨리 구해야 할 것 같습니다."

푸른하눌은 유영섭을 스카우트한 후 그가 따로 결성한 4인
조 그룹이었다.

이덕신은 푸른하눌 초대 보컬로 훗날 '내가 아는 한가지'로
성공한다.

"김정주가 '옥선이' 녹음을 마쳤습니다. 듣기 좋던데요. 본
인도 처음과는 달리 아주 만족한 표정입니다. 내년 2월 발매
로 스케줄을 잡겠습니다."

"봄여름가을겨운도 앨범 작업에 돌입 중입니다. 이런 속도
라면 내년 봄에는 앨범이 나올 것 같습니다."

"나훈하는 요새도 카프카에만 출연합니다. 대학생들을 이
렇게 좋아했는지 몰랐는데요. 딱히 홍보도 하지 않았는데 '갈
무리'와 '무시로'가 벌써 대히트입니다. 이해가 안 갈 정도입
니다."

"변진석의 앨범 작업도 순항 중입니다. 타이틀 '홀로 된다
는 것'과 음색이 아주 잘 어울리더군요. 좋은 기운이 느껴지
고 내년 봄이면 얼추 완성될 것 같습니다."

"마지막으로 안타까운 소식인데. 재작년까지 우리 식구였
던 유재아가 교통사고로 사망했습니다. 총괄님이 미국에 계
시는 동안 제가 알아서 문상 다녀왔습니다."

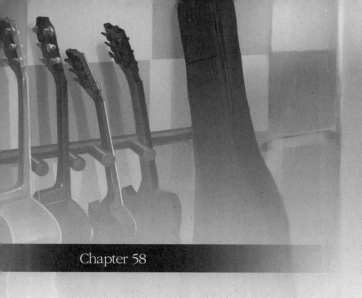

Chapter 58

온 나라가 대통령 선거로 몸살을 앓든 말든 오필승의 시계
는 돌아갔다.

평소라면 코빼기도 보이지 않던 대단하고 위세 좋은 사람
들이 시장에 다 들르고 상인들이 주는 음식을 넙죽넙죽 다 받
아먹고 악수하고 허리 굽히고…… 단지 그것만도 황송한 서
민들은 가진 호감을 바치고 후보들은 서로 얼굴만 봐도 비방
하고 날뛰길 한 달여.

오필승도 아주 바빴다. 바빠도 너무 바빠 내 5학년 시절의
마지막이 순삭되어도 모를 정도로.

아 참, 세이프세트 중 뚜껑은 특허가 반려되었다. 내가 그

린 디자인과 똑같은 게 1984년에 '솔로'란 이름으로 이미 출원돼 있었다. 그래서 세이프핸드와 세이프아이스만 세이프세트로 묶여 살아남았다.

"이태오는 무조건 올해 안에 앨범 냅니다. 까불지 말고 '혼자랍니다'로 타이틀을 가라고 하시고요. 예예, 아니에요. 아니에요. 그 정도 실력으로는 안 돼요. 더 자기를 내려놓으라고 전해 주세요. 아니, 이따위로 부르면 다른 사람에게 곡을 주겠다고 해요. 예, 더 목 놓아 부르라고 하세요. 할 수 있는 만큼만 부르면 절대로 실력이 안 늡니다."

"김정주는 이대로 가도 되겠네요. 대신 코디를 다르게 해 주세요. 예예, 정장에 중절모를 씌우세요. 정장과 중절모는 앞으로 김정주의 트레이드마크가 될 겁니다. 예, 그 분위기로 계속 갈 겁니다."

"푸른하늘의 보컬은 유영섭으로 가시죠. 앨범 자체가 간질간질하다면 순수성을 강조해도 좋을 테니까요. 그런 면에서 파워 보컬은 낙제예요. 이덕신의 탈퇴는 차라리 잘된 일이에요."

"수와 준은 '파초'에 목숨을 걸라고 하세요. '파초' 아니면 죽는다 생각하고 있는 힘껏 분석하고 파 보라고 하세요. 예, 이 정도 수준으로는 안 됩니다. 노래만 부른다고 다가 아니에요. 이야기가 그려져야 해요. 그걸 해내지 못하면 절대로 경지에 이르지 못합니다. 아! 따로 경호원 두 명 붙여 주세요. 어딜 가든, 집에 가든 놀러 가든 무조건 따라다니게요."

"박남전은 활동 전에 댄스팀을 하나 결성하라고 전해 주세요. 실력 있는 이들로 10명 내외로요. 그리고 본인도 리듬과 음감이 뛰어난 것 같은데 틈틈이 작곡을 겸해 보라고 하세요. 좋은 결과가 나올 것 같네요."

박남전이 부리는 댄스팀은 훗날 '프렌즈'가 된다.

"변진석은 이문셈, 최성순을 잇는 우리 오필승의 차세대 발라더가 될 거예요. 누차 말씀드리지만, 세심히 관리해 주세요. 제가 거는 기대가 아주 큽니다."

조용길 앨범을 내지 않고도 이문셈, 최성순 등으로 올 초까지 오필승은 대한민국 가요계를 휩쓸었다.

하반기에 들어 잠시 주춤한 사이, 가요톱열은 춘추 전국 시대로 불릴 만큼 경쟁이 치열해졌다.

1위가 주마다 바뀌길 반복.

가요제 출신들의 약진이 두드러졌다.

이정식의 '사랑하기에'가 1위에 올랐는데 그 뒤로 김범녕의 '현아', 유영의 '이별이래', 이선이의 '어둠은 걷히고'가 바짝 쫓고 있었다.

고무적인 건 신영원의 '개똥벌레'가 10위에 랭크돼 있다는 것이다. 바로 뒤인 11위도 이제 막 앨범을 낸 민애경의 '그대는 인형처럼 웃고 있지만'이고.

이문셈과 박남전, 이태오, 김정주, 변진석 같은 이들의 앨범이 나온다면 가요계는 또 한 번 뒤집힐 것이다.

물론 다른 사업 쪽으로도 좋은 소식이 들어왔다.

11월의 마지막을 달리는 어느 날 자신감 넘치는 표정으로 세 사람이 나를 찾아왔다.

홍주명과 조형만, 이상훈이었다. 대길 건설 삼총사.

"드디어 완성했습니다."

"예?"

"총괄님, 기뻐해 주십시오. 드디어 한옥 호텔을 완성했습니다."

"정말이요?!"

"외관부터 내관까지 하나도 빠짐없이 요구하신 대로 완벽하게 재현해 냈습니다. 하하하하하."

홍주명의 웃음소리에 조형만도 이상훈도 이를 드러내며 미소 지었다. 해냈다는 기쁨이 역력하였다.

더구나 세 사람 다 하나같이 얼굴이 새까맸다.

여름내 뙤약볕을 온몸으로 받으며 일에 열중했다는 것.

나도 가만히 보고만 듣고 있을 수는 없었다.

곧바로 이동.

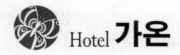

이라 적힌 웅장한 정문 앞에 섰다.

정신이 번쩍.

어느 정도 관여는 했다지만 바르게 말하자면 그동안 돈만 부치고 내팽개쳐 둔 사업이라.

그것이 이렇게나 멋들어지게 완성되다니.

"이게 가온인가요?"

"실제 궁궐보단 못하지만 그래도 위엄이 넘치지 않습니까?"

넘쳤다.

절대 부족하지 않았다.

양옆을 지키는 거대 해태상도 그렇고 앞을 가리는 육중한 대문과 내부를 감싸는 유리로 된 이중문, 주변 정원…… 시선에 들어오는 모든 게 내 상상대로 이뤄져 있었다.

조용히 로비로 들어갔다.

첫 느낌은 '넓다'였다. 여느 고급 호텔과 비슷하면서도 아주 널찍했다. 그 널찍함이 또 독특한 외양으로 눈길을 사로잡았다.

한국적이고 한국적이었다. 고래의 갈비뼈처럼 양옆으로 뻗은 서까래가 내 심장을 두드리고 곤룡포 문양의 창이 내 시선을 사로잡았다.

카운터, 긴 머리를 댕기로 곱게 묶은 직원에게 다가갔더니.

"어서 오십시오. 호텔 가온입니다."

상냥한 목소리로 살짝 무릎을 굽힌다.

자태가 고왔다.

"총괄님, 이쪽으로 오시죠. 아직 가온은 제 모습을 보이지 않았습니다."

홍주명의 목소리를 따라 맞은편 앞을 가리는 대문으로 다가가니 저절로 열리며 가온의 실체가 드러났다.

"아~."

"어떠십니까?"

전혀 다른 세상이었다.

지나다니는 모든 사람이 조선인이다. 완전히 다른 시대에서 온 것 같은 착각이 들 정도.

"자, 가마에 오르십시오."

홀린 듯 가마에 올랐다.

가마꾼은 어영차 움직였고 북쪽의 읍성 구역부터 놀이마당, 식당, 손님들이 묵을 양반집 객체까지 돌아 인공섬에 올린 소경복궁으로 향했다.

검을 찬 종사관들이 길을 비키며 가마를 반겼고 휘영청 밝은 해가 떠 있는 돌다리를 건너 작은 성채와 비슷한 소경복궁 앞에 섰다.

나인, 상궁, 내관 복장을 한 이들이 우르르 나와 나를 도왔고 그야말로 국빈에 가까운 융숭한 대접을 받았다.

"철저한 고증을 거쳐 체계를 잡은 의전입니다. 어디를 향하든 늘 상궁과 나인이 함께할 것이고 식사는 아침, 점심, 간식, 저녁, 야식 하루 다섯 번이며 메인인 저녁은 전채 요리 후

한정식 한 상을 차릴 예정입니다. 물론 채식주의자를 위한 코스도 준비를 마쳤습니다."

기미 상궁도 보였다.

실제로 식사해 보니 전체적으로 시중을 들어 주긴 하지만, 개인의 프라이빗도 느낄 수 있게끔 적절한 타이밍에 빠져나갔다.

양방향으로 난 문을 열면 세상 전부가 다 자기 정원 같은 개방감이 들고 문을 닫으면 포근한 햇살이 따사로이 비친다. 창배치 또한 훌륭해 빛의 양감도 좋았고 심처인 침실은 동양식이긴 하지만 밀폐성 하나만큼은 확실했다. 욕실은 원더풀이고.

"소경회루로 가시지요."

"소경회루도 완성됐나요?"

"예."

홍주명의 안내에 따라 뒤로 나가니 호수 앞에 작은 전각이 하나 있었다.

오르니 11월의 차가운 날씨에도 불구하고 촤르르 부서지는 햇살에 다 눈이 부실 지경.

"원한다면 이곳에서도 식사할 수 있습니다. 간단한 반주도 즐길 수 있고요. 아래로 내려가면 뱃놀이도 가능하죠."

주변은 온통 대숲으로 둘러쳐져 있고 저 숲을 건너는 순간 드러날 도로는 전혀 기억나지 않았다.

이곳은 경회루였다.

"당초 2m로 계획했던 외벽을 4m로 높인 게 주효했습니다.

그 덕에 은밀성이 확보됐고 이마저도 좀 부족하다 생각하여 소경복궁에 입실하는 순간부터 바깥 둘레로 종사관들이 24시간 배치될 예정입니다."

150억이 들었다.

땅값까지 합하면 근 250억.

돈 들인 보람이 있었다.

"좋네요. 마음에 들어요. 모두들 고생하셨어요."

"아~."

"아아~."

여기저기에서 탄성이 터져 나왔다.

이 한마디를 고대했던가.

나도 감동했다.

자칫 어린애 치기로 치부될 수도 있는 일이었건만 어느 것 하나 장인 정신이 들어가지 않은 곳이 없었다.

거슬리는 곳이 1도 없다는 건.

그만큼 내 일처럼 임한 것.

나도 기꺼이 응했다.

"이에 대한 보답은 철저히 할 예정입니다. 내년 3월 1일 개업을 목표로 마지막까지 최선을 다해 주세요. 이곳은 여러분들이 주인입니다."

""알겠습니다.""

우렁찬 대답이 나왔다.

다들 박수치는 가운데.

홍주명은 뒤편에 조용히 서 있는 웬 할머니에게로 나를 데려갔다.

내력을 듣고 정말 깜짝 놀랐다.

"이분은 성옥연 님으로, 대조선의 마지막 상궁이십니다."

"예?!"

"정말 어렵게 모셨습니다. 창덕궁 낙선재 궁인 중 끝까지 살아남았던 삼인 김명진, 박찬복, 성옥연 중 유일하게 현재까지 살아 계신 분이십니다. 귀하게 맞아 주십시오."

"아……."

"안녕하세요. 이분이시군요. 그 신출귀몰한다던 총괄님이요."

첫 만남.

첫인상.

왠지 모르게 저 얼굴 모든 주름에 그동안의 삶이 고스란히 묻어 있는 듯했다.

"아……."

"66년 순정효황후께서 돌아가실 때까지 궁일을 보셨습니다. 이후 서울 보문사 시자원에서 무의탁 노인들을 돌봐 주시던 분을 겨우 찾아 모셨습니다."

"아이고, 그런 말씀 마십시오. 모시다니요. 궁을 떠난 궁인은 잔목숨일 뿐입니다. 볼품없는 늙은이를 써 주시는 것만도 황송하지요."

"아닙니다. 성 고문님이 아니었으면 이렇게 훌륭한 체계를 마련할 수 없었을 겁니다. 정말 감사드립니다."

"무슨 말씀을 그리 과하게 하십니까. 곧 죽을 목숨, 이렇게 활용할 수 있게 해 주셔서 제가 더 감사하지요."

두근두근.

미치겠다.

나는 이 일이 이렇게나 깊게 얽힐 줄은 몰랐다.

그저 교수나 몇몇 전문가들에게 자문을 구하는 정도나 생각했는데.

진짜 상궁이라니.

문득 손에 따뜻한 촉감이 느껴졌다.

성옥연 할머니가 내 손을 잡고 있었다.

"참으로 장하십니다. 어찌 이런 생각을 다 하셨을까요. 총명이 성총(聖聰)과도 같습니다. 자칫 맥이 끊길 뻔했던 왕실의 전통이 총괄님 덕분에 명맥을 잇게 됐습니다. 이 늙은이는 이제 죽어도 여한이 없습니다. 저 세상에 가서 황후마마를 뵐 낯이 겨우 생겼습니다. 감사합니다. 감사합니다. 흐흐흑."

"……."

눈물이 뚝뚝.

보는 내 억장이 다 무너졌다.

"……대표님, 이분이 지금 어디에 계시죠?"

"직원들 숙소에 따로 방을 배정했습니다."

부족했다.

"할머니."

"예, 총괄님."

"우리 집으로 가실래요?"

"예?!"

"우리 집에도 할머니가 계시는데. 같이 사실래요?"

"……."

우뚝.

시간이 정지된 듯 성옥연 할머니는 행동을 멈췄다.

나도 왜 그랬는지 모르겠다. 할머니만 보면 약해져서인지 아님, 이분의 삶이 너무 가혹해서인지.

머뭇대던 성옥연 할머니는 결국 내 손에 이끌려 우리 집으로 갔고 손주를 반기던 우리 할머니는 으레 익숙하게 그녀를 손님처럼 맞았다.

"어서 오시소. 우리 대운이가 할매를 데려오는 건 처음인데. 앉으소. 안 그래도 국수 좀 말라 캤는데 괜찮습니까?"

"아아, 예."

내가 좋아하는 유부가 잔뜩 올려진 국수였다.

한 그릇 다 먹고 나는 할머니에게 말했다.

"할매, 우리 집에서 같이 살았으면 좋겠는데 안 되겠어요?"

"으응?"

"우리 호텔 짓는 데 아주 중요한 역할을 맡은 할머니세요.

지금 거처가 마땅치 않아 그러는데 허락해 주세요."

"같이 살자고? 그런 기가?"

살짝 성옥연 할머니를 본 할머니는 금세 또 입가를 올렸다.

덥석 그 손을 잡았다.

"무에 그리 민망해하십니꺼. 죽을 날만 받아 둔 사람끼리. 같이 밥 먹고 같이 살면 식구지예. 우리 대운이가 모셔 왔으니 좋은 분임에는 틀림없을 끼고. 고마 부족한 집이라도 괜찮으면 같이 사시소. 지는 괜찮습니더."

"그게……."

"단정하신 게 참으로 보기 좋습니더. 자자, 짐은 어데 있습니꺼?"

"호텔에 있는데 백 대리더러 옮기라고 하면 돼요."

"그래, 그라믄 되겠네. 이참에 지금 당장 움직입시더. 저기 저 방이 비었는데 거를 쓰면 되겠네예."

행동력의 우리 할머니는 서둘러 방을 치우러 가셨고 난처해하면서도 또 감동한 표정의 성옥연 할머니는 서둘러 할머니 뒤를 따라 일을 도왔다.

그 뒷모습이 왠지 마음을 뿌듯하게 했다.

"……."

아무래도 내 결정이 옳았던 모양.

이렇게 식구가 한 명 더 늘었다.

성옥연 할머니가 우리 집살이에 조금은 익숙해질 즈음 뉴욕에 있는 정홍식도 귀국 준비에 열을 올리고 있었다.

"돌아가시려고요?"

"가야지. 특허 건도 출원 인정을 받을 것 같고. 통보만 오면 가려고. 왜?"

"아니, 그게……."

몸을 배배 꼬는 메간에 정홍식이 피식 웃었다.

"또 보스 얘기냐?"

"도무지 믿기지 않아서요."

"메간."

"예."

"안 믿어도 돼. 메간이 믿든 안 믿든 보스임에는 틀림없으니까."

조금은 차갑게 여겨질 수 있는 말이었으나 메간은 전혀 개의치 않았다.

"아이, 그런 말이 아니잖아요. 좀 충격적이라 그렇죠."

"익숙해져야 할 거야. 보스는 진짜 괴물이거든."

"괴……물이요?"

"희대의 천재. 보통 사람으로는 절대 불가능한 걸 바라보시지. 메간."

"예."

"보스의 식구가 된 건 정말 일생일대의 행운이야."

"……."

궁금해하면서도 딱히 부정하지는 않는 메간을 보며 무언가 떠올렸다는 듯 정홍식이 입을 열었다.

"아! 한국으로 넘어가시며 이런 말을 전해 달라셨네. 앞으로 2년간 일본에 대한 투자는 없을 거라고."

"예?"

"일본 시장을 이제 지켜만 볼 거라셨어. 기회가 올 때까지 말이야."

"기회라면……?"

"몰라서 물어?"

"그럼 이번 일 같은 게 또 일어나나요?!"

눈이 동그래졌다.

"내가 그걸 어떻게 알아?"

"그야 그렇긴 한데……. 그럼 로열티로 쌓이는 돈은 어떻게 해요?"

"미국 채권이나 사라시네."

"저희는요?"

"똑같이 하는 거지. 아! 내년 2월쯤 다시 마이크로소프트사에 연락을 넣어 보래. 고난을 해결해 줄 Key를 우리가 가지고 있다고. 그러면 미팅이 성사될 거라나."

"······."

정신이 없는지 말이 못하는 메간이었다.

그런 메간이 귀여워진 정홍식은 다시 웃고야 말았다.

하지만 그렇다 한들 선을 넘어선 곤란했다.

이쯤에서 따끔한 충고가 들어가야 했다.

"메간은 그렇게 손바닥에 떨어져야 직성이 풀려?"

"예?"

"보스를 네가 판단해야 만족하냐고?"

"아니, 그게 아니라······."

허둥지둥.

정홍식은 그런 메간의 심장에 송곳 같은 일침을 찔렀다.

"메간, 착각하면 안 돼. 지금 정도의 경력이라면 너는 기업 비밀에는 접근도 못 할 때야. 내 말이 무슨 뜻인지 알지?"

"아······."

"보스는 너희에게 아주 큰 기회를 제공하셨고. 너희의 판단에 신뢰가 생길 때까지 기다려 주시고 있어. 이걸 잊어선 곤란해."

겨우 커피 심부름에서나 벗어났을 연차였다.

이제 좀 서류 정리가 익숙해질 직급이었다.

이것이 메간과 라일리 나잇대가 가질 월스트리트에서의 포지션.

"죄송합니다. 제가 너무 나섰어요."

"아니야. 잦은 비교는 치졸할 수도 있지만, 가끔 하는 비교는 우월성을 깨닫게 해 주는 유용한 도구니까. 나는 메간을 기죽일 생각은 없다고."

"아니에요. 생각해 보니까 너무 철없이 비밀에 접근하려 한 것 같아요. 죄송해요."

"그건 그렇고, 인재 채용은 어떻게 할 생각이야?"

"교수님께 부탁드렸어요. 추천은 받겠지만, 면접이 제일 중요하다고 말씀드렸고요. 저희가 겪어 보니 DG 인베스트에서 살아남을 가장 큰 덕목은 인내심인 것 같아서."

"잘 파악했네."

"그런가요?"

"괴물이 운영하는 투자사야. 평범한 사람은 사이클을 이해하기도 벅차겠지."

"죄송해요. 열심히 노력했는데 저도 이 정도밖에 안 되네요."

"이 정도라도 올라온 게 기특하다고 말씀하셨어. 물론 보스가."

"정말요?"

활짝.

"메간과 라일리가 마음에 든다고 하셨어. 즉 너흰 괴물의 눈에 든 거야. 그러니까 자부심을 가져도 좋다고."

"아……."

안개가 어느 정도 가신 표정이 나왔다.

당근을 줄 때는 또 확실히 줘야 한다.

정홍식은 다시 웃었다.

"좋아. 보너스로 좋은 정보 한 가지 알려 줄까?"

"예?"

"요즘 너희가 가장 좋아하는 음반이 뭐지?"

"그건…… 왜?"

"말해 봐. 좋은 정보를 줄 생각이니까."

"그야 요새 열심히 듣는 건 페이트 앨범이긴 한데."

"페이트 앨범이라."

고개 든 메간의 시선에 페이트 앨범을 든 정홍식이 잡혔다.

앨범을 검지로 톡톡.

"예?"

"같아."

"……."

"……."

"……."

"……."

"……."

"……."

"……설마."

"말했잖아. 보스는 괴물이라고."

≪이제는 안정입니다.≫
≪보통 사람의 위대한 시대를 열겠습니다!≫

노태운, 김영산, 김대준, 김종핀.

네 명의 거두가 일어나며 펼쳐진 선거판은 그야말로 난해로 일관하였다.

경상남도는 김영산으로.

전라도는 김대준으로.

충청도는 김종핀으로.

노태운은 경상북도 + 전국구로.

누가 이곳이 고향이니 반드시 이 사람을 밀어줘야 한다는 인식이 물결처럼 지역 이기주의의 씨앗을 뿌렸고 지역마다 총력을 다한 선거전으로 이어졌다.

그렇게 16년 만에 직접 선거로 치러진 대통령 선거는 12월 16일 대종장의 막을 맞이하였고.

노태운 당선.

목숨을 내던져 민주화 투쟁에 앞장선 이들로선 죽 쒀서 개 준 꼴이 되었다.

김영산은 이 모든 책임을 신의를 지키지 않고 출마한 김대준에게 전가했고 PK와 호남 사이의 지역 갈등은 되돌릴 수 없을 만큼 폭이 깊어지게 되었다.

어쨌든.

군부는 웃었고 권력욕에 함몰된 두 사람은 또 울었다.

투표가 조작됐다느니 여론을 조작했다느니 온갖 음모설이 나돌았지만 승리한 여당은 모든 의혹을 일축시키며 국민이 원한 위대한 승리라 부르짖었고 약속한바 민생 안정에 총력을 다해 이바지하겠다는 소감을 밝혔다.

끝.

승리한 노태운이 샴페인을 거하게 터트리고 있을 시점, 흐뭇하게 웃고 있던 나에게 청천벽력 같은 소식이 들려왔다.

"예?! 홍 대표님이 쓰러졌다고요?!"

우르르 달려갔더니.

1인실에 누워 있었다. 눈을 감고.

그나저나 이 양반이 이렇게 작고 초라했던가?

조형만이 맞이하며 조용히 얘기했다.

"이제 막 잠들었습니더."

"그래요?"

바로 나갔다.

문밖에 나란히 앉아.

"어떻게 된 일이에요?"

"노인네가 쉬지도 않고 매달리더니…… 결국 사달이 난 겁니더."

얘기인즉슨, 호텔 가온 건설에 전심이었다는 것.

매일 가온만 들여다보며 부족한 게 없는지, 잘못된 게 없는지 노심초사, 새벽부터 나가 제일 늦게까지 붙박이로 살았다고.

"저러다 큰일 나지 싶어 몇 번이나 말렸는데도 쇠심줄이라 도통 듣지를 않았습니더."

"……."

"술이라도 한잔 들이켜면 가온이 자기 인생의 마침표가 될 거라면서. 살면서 이렇게 뿌듯한 적은 없었다고. 반드시 성공할 거라고 입버릇처럼 떠들어 댔습니더."

가온의 예상 외적인 퀄리티가 누구의 열정인지 드러났다.

홍주명.

그가 결국 가온을 완성시킨 것이다.

"그렇군요……."

"다 됐다 싶어 긴장이 풀린 것 같습니더. 의사 말로는 과로라고 하는데, 과로는 확실히 맞고요. 생명에는 지장이 없다 캅니더. 걱정 안 하서도 됩니더."

"다행이네요. 후우~."

다행이었다.

난 또 무슨 큰일이라도 생겼나 걱정했는데.

그러다 툭 화가 솟았다.

"아무것도 못 하게 하세요. 누운 김에 연말까지 쭈욱 쉬시라고요."

"예! 엄명이라고 일러두겠습니다."

"예, 엄명이에요."

잠시 앉아 있으니 홍주명의 가족들로 보이는 이들이 우르르 들어가고 조형만은 그들과도 안면이 있었던지 익숙하게 안내했다.

나는 달리 할 게 없어 빈둥빈둥 병원이나 구경했는데 의사 가운을 입은 외국인이 이쪽으로 오는 게 보였다.

이상하게 낯익은 외국인이었다.

그는 곧장 홍주명의 입원실로 들어갔고 체크 사항을 살펴보며 한국인 못지않은 발음으로 대화를 나누었다. 재미있게도 사투리였다. 전라도의 뉘앙스를 진하게 풍기는.

가슴의 명찰을 본 순간 머리가 쭈뼛.

돌아서는 그를 서둘러 잡았다.

"선생님."

"으응? 무슨 일이니?"

"선생님과 하고 싶은 얘기가 있는데. 시간 좀 내주실 수 있으세요?"

"시간? 으음, 지금은 회진 시간이라 안 되고 이따가 1시간 뒤에는 되겠다. 그런데 무슨 일이니?"

"많은 사람에게 도움 되는 일이에요. 부탁드릴게요."

"너는 무척 예의가 바르는구나. 알았다. 이따가 와라. 내 사무실로."

"예, 감사해요."

인요환이었다.

1919년 군산 만세운동을 지도하고 그 일로 추방, 미국에 가서도 한국의 독립운동 사실을 알리고 광복 후 돌아와 일본 신사 자리에 화장실을 세우고 크게 웃었던…… 인천 상륙 작전에도 참전하고 결핵 퇴치에도 이바지한, 대한민국을 위해 헌신한 린튼 가문의 4대 후손.

"여기가 세브란스였던가?"

병원도 모르고 달려왔던 모양이다.

인요환이라면 세브란스인데.

피식 웃다가.

또 어떤 기억에 흠칫 몸을 떨었다.

3대인 인요환의 아버지가 순천에서 교통사고를 당했고 택시로 이동 중 숨졌다는 얘기를 들은 적 있었다. 그 때문에 그 아들인 인요환이 15인승 승합차를 개조하여 최초의 한국형 앰블런스를 만들었다는 것도. 가문의 다른 인물들도 한국의 교육과 교육 재단, 법조인으로서 공헌하고 있음도.

"헬스케어 서비스 정도로는 안 되겠네."

무엇이라도 더 도움이 되고 싶었다.

고민하다가 약속 시각에 맞춰 그의 사무실로 찾아갔다.

파란 눈의 의사가 나를 맞이한 곳은 일반적인 사무실과 비슷했다.

"어서 와라. 여긴 좀 대화하기 어려우니까 저기 가서 앉을
까? 주스 좋아하지?"

"예."

날 대하는 인요환은 가벼웠다.

의사를 동경하는 어린아이쯤으로 바라보았는데 첫마디도
역시 그랬다.

"그래, 무엇이 궁금할까. 의사가 되고 싶어? 아저씨가 얘기
해 줄 수 있는 건 다 말해 줄게. 물어봐."

"전 많은 사람에게 도움 되는 얘기라고 말씀드렸는데요."

"아아, 그렇구나. 내가 잠시 깜빡했다. 넌 용건이 다르구
나. 그래, 무엇이 그렇게 도움이 될까?"

"세브란스에 헬스케어 서비스를 만들어 주세요."

"헬스케어 서비스?"

"건강 검진이요. 각종 질병부터 병력까지 살펴 주는 개인
토탈 맞춤 서비스요."

"……!"

미간이 좁혀졌다.

"다시 설명해 줄래?"

"간단해요. 병 때문에 어이없이 죽는 일을 최소한으로 줄
이자는 거죠. 어느 날 갑자기 아파서 병원에 갔더니 암에 걸
렸더라. 이래선 안 되잖아요."

"그러니까 그걸 미리 검사하겠다는 거야?"

"그렇죠. 게다가 먹고사는 문제가 해결된 부류가 가장 관심 있어 하는 게 뭘까요? 생명 연장 아니겠어요? 미리미리 체크해서 조치를 취하면 훨씬 더 양질의 삶을 살 수 있지 않을까요?"

"오오, 그러네."

고개를 끄덕끄덕.

"지금 그룹 회장님들한테만 하는 걸 하나의 세트로 만들어서 일반인들에게 푸는 거죠. 부모님께 드릴 효 상품으로도 좋고요. 회사 직원들 복지를 위해서도 좋고요."

"뜻은 참 가상한데. 이거 가격이 꽤 나가."

"알아요. 처음부터 쌀 순 없잖아요. 할 수 있는 사람만 하면서 시작하는 거죠. 이런 서비스를 만들었는데 돈 있는 사람들이 매년 안 찾아오겠어요?"

"그렇긴 하네. 갑부들치고 자기 몸 끔찍하게 아끼지 않는 사람은 못 봤으니까."

"어때요? 사업성도 좋죠? 의미도 좋고. 이게 전 국민을 대상으로 퍼져 갔다 생각해 보세요. 얼마나 파급력이 클지. 세브란스가 대한민국 최초로 시작하는 거예요."

"그러네. 진짜 대단한데? 어떻게 이런 생각을 했어?"

입을 떡.

"우리 직원들 건강 상태를 체크하려다 보니까 여기까지 발전한 거예요. 세브란스에서 만들어 주시면 우리 회사부터 계약할게요."

"응? 우리 회사?"

"제가 회사를 운영해요."

"네가?"

"예."

"……."

"……."

"……."

"……."

"……."

"……."

"……."

안 믿는다.

"혹시 조용길 좋아하세요?"

"좋아하지."

"그 회사예요."

"……?"

"제 회사라고요."

"뭐?!"

벌떡 허리를 폈다가 금세 다시 굽혔다.

짐짓 혼내는 표정을 짓는다.

"제안은 아주 기특한데 어른을 놀리면 못 써."

"여기까지 와서 어른을 놀리겠어요? 제 뒤에 서 계신 분 보이시죠? 제 경호원이에요."

"경호원······이라고?"

"아직도 판단이 안 되세요? 그럼 너무 실망인데요. 아저씨한테 드릴 선물도 가지고 왔는데."

"······!"

◇ ◆ ◇

다사다난했던 1987년이 끝나 갔다.

돌아보면 올해 가장 큰 이슈는 뭐니 뭐니 해도 6공화국의 개국일 테고 덤으로는 페이트 앨범이 북미 시장에 완전히 자리 잡았다는 것 정도 되겠다.

경사였다.

그런 의미로 잠시 정산을 해 보면, 참고로 87년 하반기만 따로 뗀 거다.

1집 150만 장, 2집 50만 장, 3집 300만 장, 4집 200만 장, 5집 500만 장, 6집 300만 장이 나갔다.

줄어들기는커녕 계속 늘어나는 추세.

북미 시장도 이럴진대 내년엔 세계로 판매 시장을 넓힌다면 또 얼마나 대단해질까.

어쨌든 1,500만 장의 판매고가 일었다.

750억 매출.

이 중 150억이 창작자 로열티고 405억이 지분율에 의해 내게 지급될 돈이었다.

합이 555억.

이젠 백억 단위는 예사였다. 일본 판매는 넣지도 않았는데도 말이다.

"점점 일이 커지네."

돈이 너무 많이 벌렸다.

그러니까.

이게 좀 곤란했다.

이 돈을 다 어떻게 하면 좋을까?

생각하면서도 기가 막혔다.

"이 무슨 해괴한 고민인지. 대길 건설에 박는 것도 한계가 있고……."

한다면 못할 것도 없겠지만, 언제까지 때려 박는 것만 반복할 순 없었다.

아무래도 심도 있는 논의가 필요할 시점 같았다.

당장 오필승의 브레인들을 소환했다.

이러쿵저러쿵 내 고민을 털어놓았다.

"그러니까 감당 안 되는 돈 때문에 문제다?"

"그렇죠."

"본질은 결국 세금이고?"

"예."

"그럼 하나 물어보자."

"말씀하세요."

"넌 벌여 놓은 사업을 어떻게 할 생각이냐?"

"예? 어떻게 하다뇨?"

"이건 질문이 잘못되었군. 이렇게 따로따로 계속 내둘릴 생각이야? 합칠 생각은 없고?"

"아~."

그룹 설립 얘기였다.

역시 면도날 사나이 이학주. 단번에 핵심을 짚는다.

도종민 또한 같이 고개를 끄덕이는 것이 진즉 이런 일을 예상했다는 투였다.

"문제는 하나야. 무엇을 주(主)로 놓을 것인지. 대길 건설이야? 오필승이야?"

"……."

"내 보기엔 이도 간단해."

"예?"

"오필승이 비록 네 출발이긴 한데 널 빼놓고는 사실 일반적인 제작사에서 조금 더 뛰어난 것뿐이야. 말 그대로 그렇다고. 안 그래, 종민아?"

"조용길 씨가 있고 나머지도 탑을 달리는 편이긴 하나 다 합쳐도 페이트엔 안 되죠. 페이트는 앞으로도 더 무궁무진합니다."

"봐라. 안 그래도 종민이가 그러더라고. 이대로는 규모에

버티질 못할 것 같다고. 당장 너부터가 돈에 눌리잖아."

"……."

"지주 회사부터 설립하자. 오필승을 살리든지 대길을 살리든지 네가 알아서 하는데. 지주 회사로 통합해서 관리해야 하는 건 어쩔 수 없는 요구 같다. 진즉부터 이런 말을 해 주고 싶었는데 다른 복안이 있나 싶어 참은 거다."

자기 할 말만 마치고 '어떡할래?'라고 쳐다보는 이학주였다.

도종민도 이학주가 옳다며 다른 방법이 없음을 어필했다.

나도 인식했다.

지금까지는 주먹구구라도 상관없었다면 이제부터는 규모 때문에라도 안 되겠다. 항상 이렇진 않겠지만, 반기 만에 몇백 억씩 버는 회사가 대한민국에 얼마나 될까?

그룹화하여 큰 덩어리로 전환하지 않는다면 제 발에 걸려 넘어질 수도 있었다.

결정 내렸다.

"그럼 그렇게 가죠. 시작이 오필승이니까. 오필승으로 통합할게요. 설립일은 언제로 잡으면 좋을까요?"

"뭘 그렇게 멀리 보나 작년부터 이미 다 준비해 놓았는데. 그냥 내년 1월 2일로 잡아. 이름은 ㈜ 오필승이면 되겠지?"

"예."

"그럼 오필승이 오필승 엔터테인먼트와 대길 건설의 지분을 흡수하는 형식으로 진행할게. 돈은 충분하지?"

"555억 있어요."

"충분하다 못해 넘치는군. 좋아. 가자고. 나도 그룹 고문 변호사 좀 돼 보자. 나 안 버릴 거지?"

콜.

Chapter 59

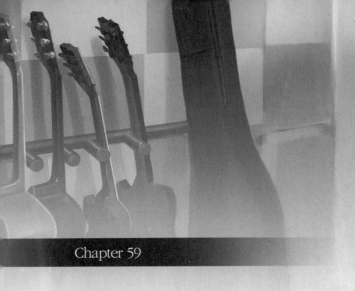

OPS 오필승

오필승 그룹이었다.

산하로 오필승 엔터테인먼트, 오필승 건설, 오필승 차트를 가진 명실상부한 그룹사.

이학주 말대로 ㈜ 오필승의 출범은 간단하였다.

번 돈 500억을 고스란히 부어 내 지분 100%인 지주 회사를 만들고 세 개 자회사를 인수하는 형식을 밟았다. 그야말로 으샤으샤 하는 사이 이학주와 도종민이 완벽하게 끝내 버렸다.

오필승 그룹의 탄생.

나는 그룹 오필승의 탄생 기념 겸 첫 사회 환원의 사업으로 대당 1억씩 하는 앰블런스를 매년 5대씩 지자체에 기부하라 지시했다.

헬스케어 서비스에 한껏 자극돼 있던 인요환은 이 소식을 크게 반겼고 관련 지자체와 직접 연결, 성사시켜 주겠다고 나섰다. 헬스케어도 반드시 통과시키겠다며 열의를 보였다.

"잘만 해 주면 유진 벤 재단에도 매년 기부해 줄게요. 부탁 해요."

"오케이."

오필승 그룹의 탄생은 우리끼리만의 축제가 아니었다.

소수이긴 하지만 관련된 직종의 사람들에게도 알리고 판을 키웠다.

방송국 인물들과 기획사, 알음알음 알게 된 기자들이 와 축하를 해 줬다. 관할인 영등포 경찰서장도 오고 여의도 상인회에서도 오고 가족들, 친지들도 다 오고 한바탕 잔치를 벌였다.

노태운은 신 비서를 통해 축하 전화로 대신했다.

"축하합니다."

"하하하하하, 정말 멋지군요."

"대단합니다. 기업이 이렇게 급성장한 케이스는 역사에서 도 찾아보기 힘들 겁니다."

"건승하십시오. 더더욱 큰 번창을 기원합니다."

"제가 나우현의 친구입니다. 우현이에게 확실하게 인수·인계받았으니 앞으로 오필승 엔터테인먼트에 대해선 걱정하지 마십시오."

날 보고 놀라는 이들도 더러 있었지만 대부분 알고 불문율로 여기고 있는 터라 어색한 건 없었다. 나우현의 친구라는 박대석 기자도 알게 되고.

"처음엔 무척 놀랐습니다. 하지만 조금만 둘러봐도 이 성공이 그냥 나온 게 아니란 걸 알 수 있더군요. 어떠십니까? 기획 프로그램을 같이 하나 제작해 보는 건?"

남의 경사에 와서 일하려는 PD도 만났고.

"불철주야 오필승의 안전을 위해 많은 노력을 기울이고 있습니다. 필요한 게 있으시면 언제든 연락 주십시오. 경찰이 움직일 겁니다."

스폰을 기대하는 인물도 만났다.

멀찌감치에서 인사하고 돌아서는 공연 윤리 위원회 황갑철도 봤다.

그러나 날 즐겁게 한 건 건 역시 가족들이었다.

회복한 홍주명과 조형만, 이상훈, DG 인베스트의 정홍식, 그룹 고문 변호사로 전직한 이학주, 그룹 운영 본부장을 겸하게 된 도종민, 역시 같은 길을 걷는 정은희 그리고 김연······.

초창기부터 함께한 이들이, 이들의 가족들이 함께 웃는 것이 제일 뿌듯했다.

걸리는 건 호텔 가온 하나뿐이었는데.

이도 이렇게 해결 봤다.

"홍 대표님이 초대 대표를 맡아 주세요."

"예?"

"헌신하셨는데, 초대 대표만큼은 양보할 수 없잖아요."

"그게, 전 그저…….."

"그냥 하세요. 명령입니다."

"……알겠습니다, 총괄님. 감사합니다. 정말 감사합니다."

기뻐하는 게 눈에 보일 정도라.

경영자의 입장에서도 이런 사람에게 맡겨야 순탄할 것이다.

"전권을 드릴 테니까 하나에서 열까지 손 안 닿는 곳이 없게끔 해 주세요."

"알겠습니다. 그런데 그럼 오필승 건설은……요?"

후임?

"겸하세요."

"예?"

"싫으세요?"

"아닙니다! 열심히 하겠습니다."

며칠간 고민이 있었다.

호텔 가온을 독립시킬지 아님, 오필승의 가족으로 변환할지.

결국 가온은 태생부터가 특별한 만큼 가온만의 아이덴티티를 살리기로 결정하였다.

원래 대길 건설의 로고였던 나비를 가온이 쓰기로 하고 가온의 공식 Signature로 삼았다.

도장 쾅.

투숙에 관한 강력한 규약도 넣었다.

특히 소경복궁의 경우 하루 숙박비가 1억.

그마저도 명예가 없거나 사회, 국가를 위한 업적이 없다면 투숙 불가.

조선 왕실의 예법을 따르는 만큼 함부로 사람을 들일 수 없다는 게 중론이었는데.

그에 걸맞은 투숙 심사도 거칠 예정이었다.

"처음이 아주 중요한 법이에요. 누가 뭐라든 어떤 힘이 작용하든 소신을 지켜 주세요. 누구도 가온을 더럽히지 못하게. 홍 대표님으로부터 가온의 전통이 시작됩니다. 직원들이 자부심을 품을 수 있게끔 지구상 유일의 조선을 잘 보듬어 주십시오. 뒤는 제가 책임지겠습니다."

"걱정 마십시오. 죽을힘을 다해 바로 지키겠습니다."

"부탁드려요."

눈시울이 붉어진 홍주명이 지나가고 정홍식이 다가왔다.

"우리 DG 인베스트만 따돌리시는 건 아니시죠?"

툭 던지는 농담 속에 뼈가 들어 있었다.

"설마요."

"그래도 섭섭합니다. 미국 기업이라 안 되는 걸 알면서도. 제 마음을 이해하시나요?"

이 아저씨가 웬일로 투정을 다 하고.

"조바심 낼 필요 없으세요. 앞으로 할 일이 더 많아지실 테니까요."

"그런가요?"

"총알이 만들어지는 순간 DG 인베스트의 진가가 드러날 거예요. 그때는 눈코 뜰 새가 없겠죠. 이참에 직원도 10명 정도 더 늘리시고 정예로 훈련시켜 주세요."

"더 늘려야 합니까?"

"그럼요. 10년이 지나면 그도 모자랄 거예요."

"……."

도통 감을 못 잡는 정홍식에게만 들릴 듯 말 듯 말해 줬다.

"Buy U.S.A."

"헙!"

"대표님은 그 선봉에 서 계신 거예요. 메간과 라일리도 역시요."

"……단순한 투자 회사가 아니로군요."

"예, 기업 사냥꾼이 될 거예요. 그것이 아니더라도 미국의 성장과 함께할 정도는 크게 자랄 겁니다."

"전 거의 미국에서 살아야겠군요."

역시 척 하면 척.

그러나 이 결정이 그의 칭얼거림의 원인이 될 줄은 이때는 진정 몰랐다.

"자주 다니셔야 할 거예요."

"총괄님……."

"맞아요. 그 첫 시작이 마이크로소프트예요. 준비해 주세요."

"옙, 알겠습니다."

문이 활짝 열린 1988년의 시작은 참으로 화려했다.

1983년, 살기 위해 덤빈 엔터 사업이 이렇게까지 커질 줄은 몰랐지만 흐뭇하게 미소 짓는 조용길과 눈을 마주치고 있노라면 한여름 밤 꿈처럼 몽롱하기도 하고 이제야 겨우 실감이 나기도 하고 기뻤다.

헤헤헷.

"하이고야, 우짜믄 좋노. 우짜믄 좋노."

할머니가 결국 못 참고 눈물을 훔쳤다. 곱게 차린 한복에 쪽 찐 머리를 하고 오셨는데 탁자를 짚었다. 옆에 계시던 성옥연 할머니가 인자한 목소리로 할머니를 챙기는 목소리가 들렸다.

"기쁜 날 이래 우셔서 되겠습니까."

"늙어가 이라믄 안 되는데, 자꾸 눈물이 나옵니더. 우짭니꺼."

"이해해요. 얼마나 자랑스러우시겠어요?"

"예~. 세상 누구보다 자랑스럽습니더. 우리 대운이가 세상에서 최고입니더."

"맞아요. 세상에서 최고로 훌륭한 소년이죠. 성장한다면 이제껏 본 적 없는 위인이 될 겁니다."

"위인이예? 예, 맞습니더. 내 고집 안 피우고 대운이 말을 따라 서울로 온 게 천만다행이라예. 희수(바보)같이 이런 아의 날개를 꺾었으면 우짤 뻔했습니꺼."

"다 조상님들의 은덕이죠. 자자, 이리 오세요. 우리 조금만 가라앉히고 돌아와요. 우린 다음 세대가 걸어갈 길을 봐 줘야 할 의무가 있잖아요."

"예, 예. 전부 다 그 말이 옳습니더. 빨리 정신 차려야지예."

서로 의지해 밖으로 나가는 할머니들이었다.

그 모습에 비로소 인정받았다는 느낌도 들고 한편으로는 조금 더 강한 잣대로 나를 돌아봐야 할 것 같은 예감도 들었다.

80년대는 돈과 힘이면 안 되는 게 거의 없던 시절이라.

나도 모르게 관행적으로 습관적으로 지나친 것들이 많았다.

적어도 저 두 분이 살아 계실 때까지 내 주변에서 말썽이 일어나질 않길 바랐다.

이는 나에 대한 다짐이기도 했고 앞으로 얼마나 불어닥칠지 모를 풍파에 대비한 나름의 각오이기도 했으니 이 좋은 순간에도 온전히 집중하지 못한다는 점에서 오랜 삶에서 오는 지혜가 결코 좋은 것만은 아닌 걸 다시 체험하는 순간이기도 했다. 젠장.

그래서 여기에서 끝마치련다.

이 일 말고도 1988년은 시작부터 아주 바쁜 해니까.

"자, 시작해 볼까요?"

조용길 8집이 발매됐다.

88 서울 올림픽의 노골적 찬양곡인 '서울 서울 서울'을 타이틀로 첫 포문을 열었다. 조용길과 이호진은 여섯 곡을 써 왔는데 '모나리자'도 있었다.

나머지 네 곡은 그들이 추구하는 얼터너티브 록에서도 소프트한 것으로 네 곡 뽑아 주었다.

첫 번째는 Oasis의 Some Might Say였다.

말이 필요 없는 오아시스의 명곡.

1995년에 발매한 정규 2집 (What's The Story) Morning Glory?의 첫 선공개 싱글로 오아시스에 영국 싱글 차트 첫 1위를 선사한 곡이었다. 지나치게 거칠지 않고 록 음악 특유의 흥겨움이 살아 있는 오아시스표 음악의 정수라 할 수 있는 곡.

조용길과 위대한 탄생은 이 곡을 듣자마자 감사합니다! 인사했다.

두 번째는 Soundgarden의 Black Hole Sun이었다.

1994년에 발매한 사운드가든의 네 번째 앨범 Superunknown

의 수록곡.

크리스 코넬의 명품 보컬을 맛볼 수 있는 곡으로 Black Hole Sun은 무겁고 끈적끈적한 사운드에 몽환적인 느낌이 아주 멋들어져 선택됐다.

세 번째는 Dream Theater의 Another Day였다.

1992년에 발매된 드림 시어터의 앨범 Images And Words 의 수록곡으로 한국인이 좋아하는 전형적인 록 발라드였다. 이런 곡도 있어야 하지 않겠나?

네 번째는 Pill jam의 Jeremy였다.

1991년에 발매된 시애틀 특유의 거친 사운드가 특징인 밴드 필 잼의 불후의 명반, Ten의 수록곡으로 순전히 너바나에 대한 저항 때문에 선택했다.

필 잼도 너바나만 한 평가를 받을 자격이 있기에.

조용길의 앨범이 발매되자마자 난 멈추지 않고 다음 타자 이태오에게 넘어갔다.

아주 곡소리가 날 정도로 프로듀싱에 들어갔다. 송대간의 대항마로 선택된 이상 무조건 송대간보다 더 잘해야 했다.

작년 12월 앨범 발매 계획을 늦추고 지금까지 계속 매달린 다른 이유가 없었다.

"아니요. 울면 안 돼요. '혼자랍니다'는 그렇게 불러선 안 돼요. 애절한 건 맞지만 구수함을 놓쳤다간 죽도 밥도 안 돼요. 애절하기만 한 건 금세 질려요. 그렇잖아요. 자꾸 징징대는 걸 누가 듣고 싶어 해요."

"조금 더 목소리를 굵게 내 보세요. 그렇죠. 턱을 조금만 더 앞으로 내시고요. 그래요. 이 곡은 얼핏 애절함이 생명인 듯 보이지만 구수함이 핵심이에요. 충청도스러워져 보세요. 경상도 출신인 건 아는데 이왕이면 충청도 사투리도 배우고요."

"약간 비어 보이는 것도 좋아요. 맞아요. 거기선 그렇게 여운을 주는 거죠. 음은 끝났지만 계속 이어지는 듯 그게 사람을 안달 나게 하거든요. 노래는 종합 예술이에요. 연기도 해야 하고 설득도 해야 하죠. 절대로 혼자 놀면 안 돼요. 관객이 공감해야 돼요."

김정주가 '옥선이'를 들고 나갔다.

나훈아가 '갈무리'를 들고 나갔다.

이제 이태오만 나가면 오필승의 트로트 삼총사가 완성된다.

그렇게 한창 이태오를 훈련시키고 있는데.

지군레코드 사장이 갑자기 찾아왔다.

"바쁜 거 아는데. 미안."

"무슨 일 있으세요?"

오늘따라 뒤에 특이한 옷을 입은 사람을 데려왔다.

왠지 일본 fill이 나는 남자라.

내가 슬쩍 보자 지군레코드 사장은 옳다구나 그를 소개했다.

"코무라 테츠야라고. TM NETORK라고 들어 봤지? 거기 멤버야. 와타나베 미사토가 부른 'My Revolution'의 작곡가이기도 하고."

왜 모를까.

첫눈에 알아봤다.

90년대 일본 음악계 트렌드를 주도하며 일본 전역에 코무라붐을 일으켰던 전설적인 프로듀서.

이 사람이 프로듀싱한 음반 판매량이 총 1억 7천만여 장이라던가?

"안녕하세요?"

"페, 페이토이시므니까? 혼토니 페이토이시므니까?!"

발발발.

여기까지 만나러 왔으면서 왜 이렇게 떠는 건지.

그나저나 이 사람이 왜 온 걸까?

지군레코드 사장을 눈길로 툭 쳤다.

"아니, 저기……. 다짜고짜 찾아와서 널 만나고 싶다고 울며불며 매달리는데, 방법이 없더라고. 모르는 사이도 아니고."

"아는 사이였어요?"

아는 게 더 이상한 것 같은데.

"소니에 왔다 갔다 하다가 인사 좀 나눴지. 얘도 실력이 좋다고. 너랑 만나게 하는 게 나쁘지 않을 것 같기도 하고…….

미안. 내가 연락도 안 하고 너무 멋대로 생각했나?"

기가 푹 죽는다.

페이트의 북미 시장 성공 이후 요새 부쩍 내 눈치를 많이 보는 터라 은근 불편해졌다. 자꾸 달래야 해서.

"늘 말씀드리잖아요. 저한테 증명하실 필요 없다고. 사장님이 옳다 판단했으니까 데려온 거 아니에요?"

"그렇지? 맞아. 너한테 도움 될 것 같아 데려온 거야. 그래, 너랑 나랑 이 정도는 되잖아."

"그럼요. 우리는 달라진 게 하나도 없어요."

"아홍~ 대운아, 역시 너밖에 없다. 테츠야, 어서 인사해. 네가 그토록 만나고 싶었던 페이트야."

"혼토니! 혼토니 페이토?!"

"그래, 인마. 이 새끼는 갑자기 반말이야."

그러든 말든 코무라 테츠야는 허리를 넙죽.

"안녕하시므니까! 코무라 테츠야이므니다. 하지메 마시테. 도우조 요로시쿠 오네가이시마스."

여전히 부들부들.

내 팬?

기분이 묘했다. 일본에 팬이 많다는 건 들었지만 직접 만난 일본인 팬은 처음이라.

"만나서 반가워요. 페이트입니다."

"오오오오오오~~~."

잡은 손을 놓지도 않고 고성을 지르더니 결국 울어 버리는 코무라 테츠야였다.

이때 직감했어야 했다.

이 일이 88년에 닥칠 새 지경의 징조임을.

◇ ◆ ◇

"헤헷, 원래는 잉글랜드로 갈 생각이었스므니다. 하지만 페이토께서 간코쿠(韓國)에 계신 걸 알고 서둘러 이곳으로 오게 됐스므니다."

반갑고 신기하고 기쁜 건 있는데.

희한하게도 대화가 진행될수록

두 팔이 점점 오그라들었다.

"무척 만나 보고 싶었스므니다. 간코쿠에 계시다는 걸 듣고 이렇게 간코쿠고(韓國語)도 열쒸미 공부했으므니다."

다 좋다. 다 좋았다.

팬으로서 기쁜 것도 그렇고 좋아하는 우상을 만난다는 점에서 설렘이 가득한 것도 알겠다.

하지만 이 사람 나이가 나보다 스무 살은 더 많았다.

너무 저 자세.

직원도 아니면서.

우린 동방나이지국인데.

"괜찮으니까 편하게 하세요. 저보다 어른이신데 계속 이러시면 제가 불편합니다."

"안 되므니다. 페이토는 제 우상이므니다. 이 시대 무지크(Music)의 살아 계신 카미(神)신데 오또케 편하게 하므니까. 저는 이게 좋스므니다."

가독성도 점점 떨어진다.

한국어 배우려면 제대로 배우든가.

"영어는 할 줄 아세요?"

"쪼, 쪼큼 합니다."

영어도 안 되고.

페이트를 '페이토'라고 할 때부터 알아봤다.

그냥 영국이나 가지.

가만, 영어도 안 되는데 영국엔 뭐 하러 가지?

하긴 나도 아리가또 고자이마스와 스미마센만 장착하고 일본에서 잠시 살아 봤다. 그때 라멘을 시킬 때 소유 스프로 선택할지 치킨 스프로 선택할지 미소 스프로 선택하는지도 정하고 면도 우동으로 갈지, 소바로 갈지, 다꽝(단무지)도 딱 세 개 주고 더 달라면 돈 받는 것도 알았다.

여종업원의 목소리가 너무 예뻐 고개를 들면 할머니였고 절임 매실이 든 오니기리(주먹밥)가 내 입맛에 안 맞는 것도 알았고 전철이 상상 이상으로 복잡하고 교통비가 많이 무섭다는 것도 알았다.

대충 잠바 하나 걸친 내 패션이, 한국이라면 평범하기 그지없는 패션이, 일본에선 평범해서 오히려 더 눈에 띈다는 것도, 아무 말 안 해도 내가 한국인이라는 걸 알고 있다는 것도 알았다.

거리를 지나며 듣는, 나에게 지껄이는 알아듣지 못하는 일본어가 한국인 비하이고 놀린 것임도 알게 되었다.

그때부터 일본에 대한 인식이 바닥을 찍었는데.

코무라 테츠야는 그것과는 상관없이 며칠을 오가며 얼굴 도장을 찍어 댔고 혼자 알아서 서울 시내를 관광했고 그때마다 조금씩이지만 한국어가 늘어서 왔다.

노력이 가상했다.

그러나 나는 중국인만큼 일본인을 믿지 않는다.

대충 만나 주면 알아서 가겠지 하고 내 일에 집중했고 며칠 못 봤다.

그렇게 일주일쯤 지났나?

보이지 않아 다른 데로 갔나 싶었던 코무라 테츠야가 나타났다.

"페이토 상."

"아, 예."

"제가 곡을 써 왔는데 한번 들어 봐 주실 수 있으므니까?"

"곡을 썼어요?"

"하이."

서울에 온 지 얼마나 됐다고 곡을 다 썼을까 하며 들었는데.

'BEYOND THE TIME, メビウスの宇宙を越えて(뫼비우스 의 우주를 넘어서)'였다.

극장판으로 제작된 기동전사 건담 '역습의 샤아'의 엔딩 곡.

일본 애니메이션 관련 음반 순위를 석권하고 2000년대까 지도 명곡으로 회자되는 곡이라.

너무 좋아 순간 불뚝하고 현재의 일본이 궁금해졌다.

내가 '잠간 살기' 할 때는 2000년대 초반, 최전성기의 일본 은 나도 보지 못했다.

"곡이 좋네요."

"그러므니까?!"

"코무라 상."

"테츠야라고 불러 주십……시오."

"테츠야."

"하이."

"일본이 궁금해졌어요."

"우리 일본이므니까?"

"가고 싶은데. 함께 가 줄 수 있나요?"

"저, 저와 말이므니까? 혼또니? 아, 아리가또 고자이마스. 사이센오 스쿠시마스(최선을 다하겠습니다)."

허리를 직각으로.

나의 일본행이 또 이렇게 충동적으로 결정되었다.

할머니에게 알리고 백은호와 함께 짐을 싸길 이틀 만에 일본으로 출국.

나리타 공항에 도착하자마자 코무라 테츠야는 자기의 발음으로 맨션인 곳으로 우릴 안내했고 머물 동안 이곳에서 지냈으면 좋겠다 말했다.

오케이.

가히 융숭한 대접을 받았다.

오다이바의 유명 온천도 갔고 가이세키 정식도 먹고 1pc당 1천 엔이나 하는 초밥 장인네 집도 가 봤고 오사카, 교토, 나라 등지로 돌며 일본이 자랑하는 문화재를 관광했다.

과연 이 시기 일본은 대단했다.

어느 곳을 돌아도 풍요로움이 넘쳐흘렀고 사람들의 표정에도 일체의 구김이 없었다. 일본이라면 무엇이든 다 된다는 자부심이 하늘을 찔렀다.

거리엔 한국에서는 볼 수도 없는 수입 외제차가 흔하게 쏘다녔고 디즈니랜드 같은 테마파크가 우후죽순으로 생겨났으며 오야베시란 도시는 도시 전체를 아예 동화풍으로 꾸미기도 했다. 벽보 여기저기에 콘서트 알림이 붙고 공사 안 하는 곳이 없을 만큼 건설도 붐이었다.

1987년 주 5일제 도입으로 더욱 시간이 널널해진 일본은 주말만 되면 나들이 여행객으로 정신없었고 2020년을 바라본 시선으로도 이해하지 못할 패션으로 가득 찼다. 신기한 갸루상도 엄청 돌아다녔다.

물론 그림자도 있었다.

국민이 정치에 무관심한 만큼 비리가 넘쳐났고 사이비 종교가 판쳤으며 밤이면 밤마다 불야성이 된 도시는 방황하는 영혼들로 흔들거렸다. 어서 오라고. 성실은 구습이고 패악이니 때려치우라고. 놀고먹어도 이렇게 살 만한 세상 아니냐고.

멋졌다.

불혹의 영혼을 탑재한 나도 가슴이 두근거릴 만큼, 같이 뛰어들어 놀고 싶을 만큼, 같이 흥청망청하고 싶을 만큼 매력이 넘쳤다.

코무라 테츠야는 이를 뿌리 깊은 자부심으로 소개했다. 일본이 바로 세계 제일의 국가라고.

"오늘은 오사카 지방에서 유명한 특식으로 준비해쓰므……."

난바 거리를 지날 때였다.

귀에 익숙한 멜로디가 들렸다.

걸음이 우뚝 멈추자 코무라 테츠야는 무슨 일인지 살폈고 나의 시선을 따라 한 곳을 바라보고는 환히 웃었다.

"아! 저긴 6070 음악을 틀어 주는 BAR이므니다. 추억의 노래들이 많스므니다. 저곳으로 가 볼까요?"

"아니요. 익숙한 노래라서 듣고 가려고요."

키보이슨의 '해변으로 가요'였다.

해마다 여름만 되면 한국 전역에서 부르는 명곡.

모처럼 들리는 한국 곡이라. 나라를 대표할 만한 곡은 어디에서도 알아주는구나 하고 기뻐하고 있었는데.

코무라 테츠야는 전혀 상상도 하지 못한 말을 내뱉었다.

"으음, 저 곡은 아주 유명하므니다. The Astro Jet의 浜辺を
歩こう라고 한때 엄청 유행했으므니다."

"예?!"

The Astro Jet?

키보이슨이 아니라?

"왜 놀라시므니까?"

"아, 아니요. ……근데 저 곡은 언제 나왔나요?"

"자세히는 모르겠으나 1960년대 중반 같으므니다. 무슨 일
있스므니까?"

"1960년대 중반이요? ……그렇구나. 아니요. 노래가 참 좋
네요."

"그렇스므니까? 하하하하하, 가시죠. 오사카 특식을 맛보
셔야죠."

떨떠름했다.

1960년대 중반과 1970년.

코무라 테츠야는 키보이슨의 '해변으로 가요'를 The Astro
Jet의 浜辺を歩こう라고 하였다.

浜辺を歩こう(하마베오아루꼬)란 한국어로 번역해도 '해
변으로 가요'였다.

'설마…….'

제아무리 표절이라도 이렇게 무식한 짓은 하지 않을 텐데.

오사카 특식이 코로 들어가는 둥 마는 둥 나는 꽤 복잡한 밤을 보내야 했다. 다음 날 코무라 테츠야가 잠시 볼일을 보러 간 사이 레코드가게에 들러 The Astro Jet의 앨범을 찾아냈다. 浜辺を歩こう는 1965년 작이었다.

내 기억 속 한국의 '해변으로 가요'는 1970년 키보이슨 2기 두 번째 앨범인 '키보이슨 특선 2집'에 실려 있었다.

"······."

최대한 침착하게 굴었다.

그렇지 않아도 국뽕에 잔뜩 취해 있는 코무라 테츠야인데.

절대 말 못 한다.

1970년 발표 이후 2000년대에까지 사랑받는 한국의 국민 여름송이 일본 곡을 표절했다니.

"······번안곡이겠지."

번안곡이어야 한다.

다시 생각하니 흔들릴 일도 아니었다.

한국에 돌아가 앨범만 확인해 보면 알 일이고 조금만 참으면 해결된다. 번안곡일 테니까.

그러니까.

그래서 더 미치겠다.

주변에 이런 사람 있잖나?

궁금한 게 생기면 좀이 쑤셔서 못 참는 사람.

121

결국 이틀을 더 버티다 못해 안내해 준 코무라 테츠야에게 감사 인사를 전하고 한국으로 돌아왔다. TM NETORK 멤버도 소개해 주고 친한 일본 프로듀서들과도 안면을 터 주며 노력한 게 무색할 만큼.

하지만 내 정신은 온통 '해변으로 가요'에만 가 있었다.

"……."

돌이켜 보면 나도 참 어지간한 사람이었다.

스스로가 표절 작곡가이면서 표절에 너무 민감하게 구는 건 아닌지.

아닌가?

표절 작곡가라서 더 표절에 민감할 수밖에 없나?

하여튼.

결론적으로 말해 '해변으로 가요'는 표절이었다. 작사 작곡으로 아베 데쓰도 아니고 엉뚱한 사람의 이름이 떡! 하니 올라 있다.

일부 차용도 아니고 번안곡 수준으로 도용해 버린 것이다.

"그래, 이렇게 뜰 줄 몰랐겠지. 몰랐으니까 썼겠지……."

말을 하면서도 입맛이 썼다.

그래서 코무라 테츠야에게 다시 연락했다.

자료가 필요했다.

"60년대부터 현재까지 일본의 명반이라 불릴 만한 음반을 보내 주세요. 개인적 취향도 좋고 대다수의 의견도 좋아요.

연도별로 잘 추려서 보내 주시면 보답할게요."

씨불.

◇ ◆ ◇

내가 키보이슨으로 한창 예민해져 있을 때 정치판은 전두한의 뜬금포 행보에 또 한 번 홍역을 치르고 있었다.

"이게 말이 돼? 이게 말이 되냐고?!"

"무슨 일인데요? 무슨 일 났어요?"

"너 몰라?"

"말씀을 해 주셔야 알죠."

아침부터 이학주가 와서 난리다.

손에 든 신문을 턱 하니 내준다.

"읽어 봐."

펼치나 이학주가 못 참고 손가락으로 기사 하나를 가리켰다.

'국가 원로 자문 회의'라는 기구가 출범했다고 한다.

더 읽어 보니.

1980년 최규아 대통령이 설치한 국정 자문 회의를 전두한이 명맥만 유지하다 새롭게 개편하며 나온 것이었다.

명목은 대통령 국정 운영에 도움이 될 조언자로서 사회적으로 명망 있고 경험과 지식이 풍부한 원로들을 입거, 살림에 도움을 주는 것.

그러나 취재한 기자는 이를 이렇게 해석하였다.

-국가 원로 자문 회의가 비록 조언자를 표방하고 있다고는
하나, 기존의 국정 자문 회의와 비교했을 때 소속 공무원들의
수가 3~4배나 늘고, 공무원들의 직급도 한 계계씩 높아졌으며,
소속원들이 하는 일도 보다 자세히 규정되는 등 권한이 대폭 강
화되어 있다. 이는 다른 의도가 심히 의심되는 바이며……

'지랄들을 떨고 있었구만.'
의도는 뻔하지만.
또 불법은 아니었다.
국가 원로 자문 회의는 개정된 헌법 제90조에 근거를 둔
기구였으니.

① 국정의 중요한 사항에 관한 대통령의 자문에 응하기 위
하여 국가 원로로 구성되는 국가 원로 자문 회의를 둘 수 있다.
② 국가 원로 자문 회의의 의장은 직전 대통령이 된다. 다
만, 직전 대통령이 없을 때는 대통령이 지명한다.
③ 국가 원로 자문 회의의 조직·직무 범위 기타 필요한 사
항은 법률로 정한다.

그렇기에 법적 또는 절차상으로는 전혀 문제 될 게 없었다.

그게 맞긴 한데.

"이 쉐끼가 지금 상왕 정치를 하려는 거잖아. 정권 주위에 맴돌며 대통령을 조종하려고! 권력을 유지하려고!!!"

"……."

이학주의 분노도 이해했다.

국가 원로 자문 회의는 누가 봐도 그 의도가 심히 의심스러우니까.

"너무 노골적이긴 하네요. 절로 눈살이 찌푸려질 만큼."

"겨우 그 정도 평가밖에 안 돼? 대운아, 이건 자유를 쟁취한 국민에 대한 도전이라고!"

나에게 실망이라는 표정이 역력하다.

왜?

나는 아무 짓도 하지 않았는데.

'이러면 또 우린 곱게 못 가지.'

더 뻔뻔하게 나갔다.

"제가 같이 흥분하지 않아서 적잖이 섭섭하신 것 같은데. 하나 물어봐도 돼요?"

"해라."

"현직 대통령이 국정 운영을 위해 원로들에게 조언을 구하는 게 이상한 거예요?"

"그야……. 그야 그렇긴 한데. 이건……."

"식사나 하며 자연스럽게 대화나 오가면 될 일을 공식적인 자문 기구 만들어서 난리를 피우니까 거슬리는 거 아니에요?"

"……."

"……."

"……."

"……."

"그……렇지."

"그렇다면 또 하나 물어볼게요."

"또 뭘?"

내 기세가 심상찮자 슬그머니 허리를 뒤로 빼는 이학주였다.

"대통령이 국정을 수행하는 데 영향을 미칠 수 있는 이들을 어디까지로 한정 지어야 하는 거죠?"

"영향을 미칠 수 있는 사람들이라. 그야……"

"청와대 참모진, 국무 위원을 포함한 각부 장관이나 기관장들, 거기에 여당 정도까지는 용인 가능한 건가요?"

"으음……. 야당도 넣어 줘."

"야당도 넣을게요. 됐잖아요. 더 무엇이 문제예요?"

"아니, 그 문제가 아니잖아. 너도 읽었잖아. 국가 원로 자문 회의가 설치됐다고. 전두한 그 쉐끼가 또 자기 마음대로 나오려는 거잖아."

따진다.

"그러니까요. 우리가 아는 걸 대통령이 모를까요?"

"……."

"……."

"……."

"……."

"……그러네."

"대통령이 바보도 아니고 뻔히 눈 뜨고 있는데 자꾸 참견하고 조종하려 들어요. 쿠데타 집권도 아니고 국민이 뽑아 준 정통성을 가진 대통령인데. 참겠어요?"

"……안 참지."

입을 떡.

잠시 할 말을 잃었던 이학주는 또 뭔가를 떠올렸던지 다시 허리를 앞으로 당겼다.

"둘이 한패일 수도 있잖아!"

"그 말씀은 대통령이 전직 대통령의 마리오네트라도 된다는 거예요?"

"그럴 수도 있는 거 아냐?"

그럴 수도 있었다.

러시아에서 실제 일어난 일이니까.

푸틴 - 메드베데프 - 푸틴.

"맞잖아. 둘이 운명 공동체라거나 짝짜꿍돼서 다 해 먹으려는 거거나."

"뭐 그런 추측이 나올 수도 있긴 한데."

푸틴과 메드베데프의 관계는 러시아란 특수한 상황에서나

가능한 일이었다. 먼 나라 얘기라 일단 킵.

수긍하듯 내가 고개를 끄덕이자 이학주는 더욱 기세등등해졌다.

"그렇지? 그렇게 생각할 수도 있잖아!"

피식.

"왜 웃어?"

"한 가지 간과하신 게 있으셔서요."

"내가 간과한 게 있다고?"

"예, 분위기에 휩쓸려 중요한 사실을 잊으셨어요."

"내가? 이 내가 잊은 게 있다고? 사법 연수원 7기 나 이학주가?"

황당하다는 얼굴로 자기를 가리킨다.

그 손가락을 고이 접어 주었다.

"아닌 거 같으세요?"

"그럼!"

"그렇다면 또 질문해야겠네요."

"뭔데?"

"우리나라 대통령 임기가 어떻게 되죠?"

"그야······."

"5년 단임제를 표방하죠. 5년 하면 끝. 그리고 정계 은퇴. 이게 무슨 뜻인지 모르세요?"

"아! 아아······ 그렇구나. 겨우 5년이구나. 뒤로는 양김이 버티고."

그래도 머리가 굳은 건 아닌 모양이다.

쐐기를 박아 줬다.

"양김이 어떤 사람들인지 모르세요? 군부의 '군' 자만 들어가도 이부터 가는 사람들이에요. 이런 시국에 대통령이 전직 대통령의 어처구니없는 짓에 호응할까요? 그 손아귀에서 놀아날까요? 자기 살기도 바쁜데?"

"……."

"자, 제1항부터 다시 보세요."

① 국정의 중요한 사항에 관한 대통령의 자문에 응하기 위하여 국가 원로로 구성되는 국가 원로 자문 회의를 둘 수 있다.

"여기에 보면 '둘 수 있다'라고 해 놨지 '둔다'라고는 안 해 놨잖아요. 재량 행위이고 기속 행위가 아니에요."

"……그러네."

재량 행위 : 법규를 적용하고 집행할 때, 범위를 자유롭게 판단, 처리함을 인정.

기속 행위 : 자의적 판단을 배제하고 법규의 내용대로만 집행.

"대통령이 설치 안 하면 그만이잖아요. 국가 원로 자문 회의 같은 거."

"……!!!"

'내가 여태 뭐 한 거지?'란 표정이 이학주의 얼굴에서 나왔다.

게임 셋.

"이제 화가 좀 풀리셨어요?"

"허어……. 네가 이래서 별일 아니게 굴었구나. 미안하다."

"저도 놀라긴 했어요. 전두한이 이렇게나 바보 같은 짓을 할 줄은 몰랐으니까요. 자기 목을 조르는 행위잖아요."

"그러네! 네 말대로라면 이 일로 둘 사이가 안 좋아지겠어."

"원래부터 안 좋았어요. 그리고 동서고금을 통틀어 권력을 나누는 사람이 어딨어요? 완전히 갈라서게 될 거예요. 양김처럼."

"아……."

이학주가 저항할 수 없는 거대한 힘에 함몰된 표정을 지을 때 노크가 울리며 김연이 들어왔다.

표정이 좋지 않았다.

"무슨 일 있나요?"

"일본에 가셨을 때 한 가지 일이 있었습니다. 거절하긴 했지만 알고는 계셔야 할 것 같아 말씀드리려 합니다."

"뭔가요?"

심상찮았다.

몇 마디 나누지 않았는데도 김연의 분노가 느껴졌다.

"이훤 건설이라고. 스폰 의뢰가 들어왔습니다."

"스폰이라고?!"

이학주의 미간이 일그러진다.

"……."

"혜린이를 찍더군요. 연결해 주면 이훤 건설에서 내보내는

광고를 전부 혜린이에게 몰아주겠다고."

들은 적 있었다.

기업 스폰.

공짜로 돈을 주게 되면 회계상 문제가 생기니 CF 같은 거로 퉁 치면서 관계를 맺는 것.

'장혜린을 찍었다라.'

"이훤 건설이라면 꽤 건실한 중견 건설이잖아. 거기서 갑자기 웬 스폰질이야?"

"저도 모르겠습니다. 뜬금없이 거기 실장이라는 자가 찾아와 이런 제안을 건넸습니다. 혜린이와 만나고픈 놈이 있다고."

"거절하니까 그냥 갔어?"

"일 좀 편하게 하자 하더군요. 뉘앙스가 해코지라도 할 것 같았습니다."

머리가 아파졌다.

여태 이런 일이 한 번도 없었는데.

"높이 솟아오르니까 날파리가 달려드네요."

"……."

"장 총괄, 어떻게 할 생각이야?"

"……."

"빨리 움직여야 하는 거 아냐?"

"으음, 현재로선 달리 할 수 있는 게 없네요. 혹시 혜린이 누나가 이 사실을 알고 있나요?"

"아닙니다."

"그럼 실력 행사가 들어온 것도 아니고 더더욱 아무것도 해서는 안 되겠네요. 우선 경호원부터 두 명 붙여 주세요."

"그게 좋겠습니다. 수와 준의 선례도 있으니까 회사에 대접받는다 생각할 겁니다."

"예, 더러운 짓 하기 시작하면 그때 다시 생각해 보자고요. 우린 제안을 받았고 거절한 것뿐이잖아요."

"그렇긴 하지."

"알겠습니다. 그리 처리하겠습니다."

일단락 지었는데도 김연은 일어나지 않았다.

눈으로 물으니.

"그게, 시인과 촌로 3집이 완성됐습니다. 원래 1월쯤으로 원했는데 다른 앨범에 순서가 밀렸습니다. 신촌블루도 이번에 1집 작업을 마쳤습니다. 봄여름가을겨운도 곧 스탠바이입니다."

"잘됐네요. 다 발매해 주세요. 곡은 괜찮죠?"

"특히 좋은 곡이 있었습니다. '가시나무'라고. 이번 앨범은 함춘오가 빠지고 조동인이 들어갔습니다."

조동인은 조동신 과장의 동생이다.

시인과 촌로 3집은 기독교 색채가 가득 든 앨범으로 리더인 하덕구는 나중에 목사님이 된다.

고개를 끄덕였다.

"작품이 나왔겠네요. 좋아요. 아! 근데 현신이 형은 좀 어때요? 아직도 정신 못 차려요?"

김현신은 요새 두문불출이었다.

㈜ 오필승 창립 때 잠깐 봤는데 초췌하기 그지없었다. 아내가 옆에 있는데도 그는 자신을 가누지 못했다.

"회사엔 나오지 말라고 했습니다. 일단 집에서 회복에 집중하라고요."

"말은 잘 들어요?"

"허우적거렸습니다. 찾아가 만난 게 지난달이었으니 한 번 들여다볼 때가 됐군요."

"잘 좀 챙겨 주세요. 이해의 눈으로 보지 마시고 마음으로 한 번 살펴봐 주세요. 눈으로 보면 행색이 보이지만 마음으로 보면 또 다른 게 보일 수 있거든요."

"아…… 그렇군요. 제가 너무 사무적으로 다가갔군요. 이번엔 조금은 더 깊숙이 바라보도록 하겠습니다."

"예, 고마워요. 일이 더 있나요?"

"보고는 끝났습니다."

잘 끝났다.

장혜린 일만 빼놓고.

혹시나 몰라 잔뜩 더듬이를 세우고 살폈다. 방송국 같은 데서 수작 부리거나 가수를 테러하거나 할 수 있으니.

다행히 조용했다.

"……."

그냥 한 번 건드려 본 것일 수도 있고 기우였으면 참 좋겠
는데.

이상하게도 목에 걸렸다.

찾아가 봐야 하나?

상대가 누군지 모른다는 것이 나를 아주 답답하게 했다.
그렇다고 어설피 움직였다간 역공을 당할 수도 있고.

"짜증 나네. 이래서 재벌들이 따로 정보 조직을 만드는 건가?"

나 같은 답답함을 가진 사람이 우리나라에 또 한 사람 있긴
했다.

전두한.

국가 원로 자문 회의란 조직을 국회 통과시키고 설립 기반
은 다 만들어 놨는데.

승인해 줘야 할 대통령이 이리저리 미적댄다. 차일피일,
하필 정권 인수 중이라는 거한 핑계도 있었으니 이러지도 못
하고 저러지도 못하고 가슴만 쳐댔다.

그러는 사이 호텔 가온의 개업식이 열렸다.

대한민국 최초, 세계 유일의 한옥식 호텔의 개업은 우리가
예상한 것보다 더한 의의로서 국민에 다가갔다. 나오는 뉴스
마다 정치 싸움에 잘난 것 하나 없던 이때 세계 제일이라는
수식어를 남발해 댔고 호응도 좋았다.

그렇잖나.

모름지기 호텔이라면,

직사각형의, 서양식 건물과 로비, 정원이 전부일 텐데.

가온은 조선 시대였다. 조선의 마지막 상궁이 검증하고 각 분야 전문가들이 인정한 진짜 조선 시대.

≪……호텔 가온은 사라져 가는 전통과 우리 것에 대한 자부심을 수호하고 길이 보전할 역사적 사명으로 이 자리에……. 세계 어느 호텔과 견주어도 오히려 압도할 우리의 문화유산으로서 그 가치가 명료함을 믿어 의심치 않으며……. 이에 여러분께 선언합니다. 호텔 가온은 앞으로도 최선을 다한 얼굴로 이곳 잠실뻘에 서 있겠습니다.≫

초대 대표인 홍주명의 개업 선언과 함께 플래시가 터졌다.

지난 한 달간, 남경은으로부터 섭외, 교육했던 뮤지컬 배우들이 양반 행세, 시종 행세를 하며 거리를 쏘다녔고 곱게 한복을 차린 여자들은 댕기머리 휘날리며 그네를 탔다.

가마가 다녔고 조랑말이 짐수레를 끌었다. 포졸이 육모 방망이를 들고 순찰 다녔다.

현대 문명과는 완전히 동떨어진 삶.

그러나 객실 내부로 들어가면 20세기도 아닌 21세기식 호텔이 펼쳐진다.

내방한 여야 의원들부터 저명인사, 교수, 언론인들의 입이 떡 벌어졌다.

그들 모두에게 한복을 입혀 읍성에 올랐고 하늘정원을 디뎠다. 동편 뱃놀이 장소도 갔고 곳곳에 펼쳐진 놀이마당에서 공연도 보여 줬다.

"지금 입으신 한복은 투숙객 공통 복장입니다. 체크아웃 시 기념으로 드립니다."

"묵으면 한복도 준다는 겁니까?"

기자 하나가 소리쳤다.

홍주명은 여유롭게 받았다.

"가온의 설립 목적을 보신다면 전혀 어색하지 않은 정책이지요. 누가 묵든 투숙객 전부에게 한복이 지급됩니다. 이것이 바로 초프리미엄을 지향하는 호텔 가온의 정신이죠."

봇물 터진 듯 질문이 쏟아졌지만 홍주명은 침착성을 잃지 않았다.

"아직 하이라이트가 남았는데 이곳에서 질문만 하실 겁니까? 서양식으로 보자면 로열 스위트룸에 해당하는 소경복궁이 기다리고 있습니다. 어서 가시죠. 가장 중요한 곳을 보셔야죠."

소경복궁은 입구부터가 달랐다.

붉은 외투를 걸친 종사관들이 검을 차고 있었고 문을 열자 돌다리를 시작으로 경복궁을 압축해 놓은 듯한 건축물에 또 그 자태에 사람들은 탄성을 질렀다.

대기하던 상궁과 나인, 내관들이 우르르 나오자 경탄해 마지않았다.

드라마에서나 보던 진짜 조선 궁궐.

"미리 말씀드리지만 소경복궁은 조선 왕실의 예법을 따릅니다. 투숙하시는 분들은 조선 왕실의 의전에 따라 접객을 받게됩니다. 그렇기에 누구든 함부로 이곳에 묵을 수가 없습니다."

기자 하나가 손을 들었다.

"함부로 묵을 수가 없다니요? 돈이 있어도 안 되는 겁니까? 조금 더 자세히 말씀해 주십시오."

"말씀 그대로입니다. 조선 왕실의 예법을 따르는 만큼 아무나 들일 수는 없겠죠. 그건 곧 조선 왕실에 대한 모독이 될테니까요. 엄격한 심사에 따라 사회·국가·세계적으로 공로가 인정되는 분들만 특별히 모시는 장소가 될 겁니다."

"그 사회·국가·세계적 공로라는 게 상당히 애매한 문제인데. 그렇다면 그 기준을 누가 정하게 됩니까?"

"전적으로 호텔 가온에서 정합니다. 세계 유일의 호텔인만큼 그 권한 또한 가온에 있는 게 당연하다고 봅니다."

"제 귀엔 자의적 해석의 여지가 있을 수도 있다는 말씀으로 들리는데. 이게 맞습니까?"

"그렇게 보실 수도 있겠지만, 호텔 가온은 지금도, 앞으로도 행동으로 증명하겠습니다."

≪호텔 가온은 지금도, 앞으로도 행동으로 증명하겠습

니다. 》

홍주명의 인터뷰가 9시 뉴스를 도배했다.

마지막 상궁이란 존재는 호텔 가온의 신뢰도를 하늘 높이 치솟게 했고 민속촌보다 더 민속촌 같은 가온의 풍경에 또 그 곳에 묵을 수도 있다는 것에 열광했다.

그러나 소경복궁에 대해선 논란이 일었다.

하룻밤 1억이라는 비용이 알려지면서 난리가 났다.

80년대 말이었다.

물가가 올랐다고는 하나 짜장면이 700원, 시내버스가 120 원, 50평대 좋은 주택이 1억이고 주택 복권 1등 당첨금이 또 1억인 시대였다.

너무나도 큰 갭에 국민은 혀를 찼고 또 설사 그 1억을 쓸 수 있다 한들 묵는 건 전혀 다른 문제란 걸 깨달으며 도대체 영업을 하겠다는 건지 안 하겠다는 건지 하나만 하라는 질타 가 쏟아졌다.

그러든 말든 홍주명은 모아이 석상처럼 꿋꿋이 버텼다.

그렇게 호텔 가온은 시작부터 큰 유명세를 탔다.

소경복궁이 너무 부각돼서 그렇지 다른 양반 채들도 보통 가격이 아님에도 하룻밤이라도 묵어 보려는 이들로 연신 예 약이 꽉 찼다.

묵어 본 이들은 서비스부터 역대 최고이고 진짜 정수는 가온의 야경이라며 하나같이 입을 모았다. 한복을 자연스레 입었고 질타당하던 폐쇄성은 어느새 신비함으로 둔갑되어 국민의 인식 속에 자리 잡아 갔다.

나도 바빴다.

5학년에 올랐다. 담임도 바뀌고 친구들도 다 바뀌어 적응해야 했다.

"임동식이가 드릴 말씀이 있어 찾아왔습니다. 들일까요?"

그즈음 김연이 위대한 탄생 식스맨인 임동식을 데려왔다.

"좋은 소식이 있다고요?"

"예, 아주 좋은 소식입니다. 총괄님."

김연이 기특하다는 듯 임동식을 봤다.

임동식은 부끄러워하면서도 찾아온 용무를 말했다.

"저 곧 결혼합니다."

"결혼이요?!"

"예."

"우와, 축하해요. 이야~ 우리 오필승에서 두 번째로 결혼하는 사람이 나왔네요."

"세상에. 상대가 주현민이랍니다."

김연이 끼어든다. 임동식은 고개를 푹 숙이고.

"주현민이요? 눈물의 블루스?"

"예."

사실 난 임동식이 어쩔 줄 몰라 하며 들어올 때부터 예상하였다.

주현민과 임동식.

이 두 사람은 전에도 부부였으니까.

"이게 어떻게 된 일이에요?"

"그게 미국 위문 공연에서……."

레퍼토리도 같았다.

미국에 갔다가 서로를 좋게 봤고 한국에 돌아와서도 만남을 이어 갔다.

결혼에 골인.

"선물을 드려야겠네요."

"예?!"

"신부가 가수이고 신랑이 오필승의 식스맨인데 오필승 엔터테인먼트의 총괄로서 가만히 있으면 안 되잖아요. 안 그래요. 실장님?"

"옳습니다. 근데 곡을…… 써 주실 생각이십니까?"

"아니요. 주현민 씨의 전성기를 이끌 곡을 맞춰 주면 되죠."

"아……."

"목표는 KBS 가요 대상. 어때요?"

"예?!"

화들짝 놀라는 임동식을 두고 김연을 봤다.

"남국익 씨 불러 주세요."

"아아~ 남국익이라면 '사랑은 연필로 쓰세요', '잃어버린

30년', '스잔'을 쓴 작곡가 아닙니까."

"멜로디라인이 좋죠. 불러 주세요. 우리 형수님을 최고의 가수로 만들어 드려야 할 거 아니에요."

"알겠습니다. 1시간 내로 잡아 오겠습니다."

김연이 신나서 뛰쳐나갔다. 임동식을 둔 채.

어색한 임동식.

착한 임동식.

주현민이 정상에 오르며 그 뒷바라지를 위해 좋아하는 음악도 관두고…… 이 시기의 대한민국 남자들로서는 하기 힘든 결단을 한다.

생색이라도 내게 해 주고 싶었다.

그런데,

정은희가 조심히 들어오며 이상한 봉투를 하나 내놨다.

엄청 고급스러운 봉투였다.

"총괄님께 온 것 같아서요."

받는 이에 'FATE'가 쓰여 있었다.

내 것이 맞고.

보내는 이에는…….

"어!"

National Academy of Recording Arts and Science라고 쓰여 있다.

NARAS.

"그래미에서 왔다고요?"

초청장이었다.

페이트 5집 : frontier가 제너럴 필드 부문에 올랐다고. 그 것도 4개 부문 전부.

이게 무슨 일인지.

4월 1일에 시상한단다. 경쟁 후보에 올랐으니 자리를 빛내 달라고.

숙박권과 비행기표도 동봉돼 있었다. 시상식 앞뒤로 5일 을 잡아 놓은 스케줄.

"뭔데 그러세요?"

정은희가 조심스럽게 물어봤지만 못 들었다.

"총괄님, 총괄님?"

"예?"

"무슨 일 있어요?"

"아니, 그게 미국에서 초청이 와서요."

"초청이요? 좋은 일이에요?"

"그렇긴 한데. 누가 신청한 건지 모르겠네요."

그래미 어워드는 본래 2월에 진행하는 것으로 알고 있었다.

지금은 3월 초.

무슨 연유로 뒤로 밀렸는지는 모르겠지만.

어쨌든.

그래미 어워드는 자기들이 알아서 후보를 뽑고 선정하는 방식이 아니다 보니 후보에 오르고 싶다면 레이블이든 레코드사든 아니면 직접이든 앨범을 제출(Submission)해야 했다. 이 과정에서 만 단위의 앨범이 쏟아진다고 들었다.

"뭐지?"

후보로 오르고픈 앨범이 접수되었다면 다음 단계로 스크리닝(Screening) 작업을 거친다.

이때 150명이 넘는 전문가들이 수만 장의 앨범을 장르별로 분류하는 일에 매달린다.

그렇게 또 노가다 작업을 마쳤다면,

다음 단계로 후보 선별(Nomination)에 들어간다.

전미 녹음 예술·기술 협회에 소속된 1만 명이 넘는 회원들이 선투표를 진행.

전문 장르에서 최대 15개의 카테고리에 투표하는 방식인데 제너럴 필드 부문만 예외적으로 공통으로 받는다.

이것의 마지막 단계가 바로 최종 후보 선별(Final Nomination)이었다.

논란과 비판이 가장 많은 단계.

이미 투표한 후보를 그래미 측이 또 한 번 선별하는 것이다. 투표 1등이라도 그래미가 아니다 싶으면 싹둑 쳐 내는 것.

내가 이상한 점이 바로 이 부분이었다.

나는 아예 제출한 적이 없다.

"최종 그래미 어워드 후보 명단이라면 보통 11월 말에서 12월 초 사이에 공개되는 거로 알고 있는데."

초청장이 3월에 왔다. 4월에 시상식을 한다 하고.

최소 한두 달간의 숙의 과정을 거쳤다는 얘기였다.

역사와 다르다는 건.

나 때문이라는 의심을 지울 수가 없었다.

이제 누가 신청했는지는 중요한 문제가 아니었다. 찾아보면 되고 아마도 소니 뮤직일 확률이 높았으니까.

"그러니까 왜?"

무엇이 공식 일정을 뒤로 미루게 할 만큼 그래미 측을 당황케 하였을까?

본상은 필드별로 다섯 명의 후보가 오르게 돼 있었다. 내

가 상을 탄 건 아니지만 지금 한창 최종 투표(Final Voting)가
진행되고 있을 것이다.

'FATE'가 9부 능선을 넘었다는 것.

"네 개 전부라서 시간이 더 걸렸던 거야? 아님, 내가 동양
인이란 걸 알아서 그런 거야?"

흑인 음악은 상을 받기 힘들다로 대변되는 그래미 심사위
원들의 보수성은 2000년대에도 유명할 정도였다.

이럴 때 동양인이라는 피부색은 그들이 고민할 충분한 사
유였다.

"아씨, 나만 머리 아픈가?"

아무것도 손에 쥔 것도 없는데.

그저 노미네이트된 것 가지고 너무 설레발인가?

맞다. 겨우 노미네이트였다.

대충 명단에만 올려 주고 들러리 역할만 할 수도 있다는 것.

설마 그런 것이라면.

"가지 말까?"

괜한 게 와서 사람을 심란하게 만든다.

관심도 없었는데. 젠장.

그때 틱! 하고 인기척이 느껴져 반사적으로 고개를 들었다.

임동식이 있었다. 이 자리에.

아차차!

정은희야 그렇다 치더라도 임동식은 나의 이런 모습을 처

음 볼 것이다. 폭풍 혼잣말.

"결정 장애를 일으킬 만한 제안이 와서요. 그런 거 있잖아요. 좋은 제안이긴 한데 왠지 끌리지 않는 거."

"아, 예."

어색해한다.

나도 더 설명하려다 말았다.

설명한들 무에 소용일까.

다행히도 1분도 되지 않아 김연이 남국익을 데려왔다.

아주 반가웠다.

"어서 오세요."

"정말 이분이 페이트이십니까?"

남국인은 인사는 받지도 않고 김연만 쳐다봤다.

의심 반, 놀라움 반 눈빛으로.

그러나 김연은 이런 일에 익숙했다. 빗장을 걸 줄도 알고.

"남 작곡가님, 인사부터 하시는 게 예의 아닐까요? 저희 총괄님이신데."

"아! 죄송, 죄송합니다. 제가 워낙 경황이 없어서."

나도 이미 빈정 상했다.

"본론부터 들어가는 걸 좋아하시는 것 같으니 인사는 생략하죠."

김연의 표정이 안 좋아졌다.

분위기를 눈치챈 남국인은 조용해졌다.

그러든 말든

"곡 쓴 거 있죠?"

"예?!"

"트로트 곡으로 쓴 거 있잖아요."

"그게…… 있긴 있습니다."

"그거 들려줘 봐요."

"예?"

"못 들으셨어요? 들려줘 보세요."

"그게……."

망설이자 김연도 으름장을 놨다.

"싫으십니까? 우리 총괄님 인사도 안 받으시더니 거절입니까?"

"아닙니다. 아닙니다. 당장에 들려 드리겠습니다."

얼른 2층으로 내려가 피아노 앞에 앉았다.

정신없이 쳐 대는 손길 속 멜로디는 분명 '신사동 그 사람'이었다.

"됐어요."

"예?"

"그 곡 계약하죠."

"예? 아니아니, 지금 이 곡은 다른 가수와 협의 중이라……."

"그들은 거절할 거예요."

'사랑의 거리'를 부른 문희온 앞으로 가나 자기는 정통 트로트를 부르겠다며 '신사동 그 사람'을 차 버린다.

"예?"

"거기랑 계약한 것도 아니잖아요. 곡 장사 한두 번 하세요?
먼저 점한 사람이 임자지."

"아……."

넋 빠진 남국인을 두고 김연을 봤다.

"이 곡으로 잡아 주세요. 주현민 씨와는 따로 얘기해서 그
소속사와 조율해 주시고요."

"알겠습니다."

다시 임동식을 돌아보았다.

"이 곡을 타이틀로 해요. 그럼 대상 먹을 거예요."

"아, 아예."

거의 강탈 수준으로 곡을 사 주는 장면에 얼떨떨해했지만
상관없었다. 나와 김연은 이런 일에 아주 익숙했고 그의 의사
는 중요치 않았다.

그때 김연이 누굴 발견하고 인사했다.

"오셨습니까."

고개를 돌렸더니 조용길이 서 있었다.

김연은 묻지도 않았는데 자초지종을 다 말해 줬다.

"결혼해?"

"아, 예."

"축하한다. 잘살아야 한다, 동식아."

"예, 감사합니다."

나만 느꼈나? 조용길의 어색함. 얼굴 깊은 곳에 숨겨 놓은 난처함을.

"……."

임동식과 주현민 건은 김연에게 일임하고 멀뚱히 서 있는 조용길에게 다가가 손을 잡았다.

"퇴근 시간 다 됐는데. 모처럼 같이 저녁 먹을까요?"

"그럴까?"

"가죠."

할 말이 있어 찾아온 게 틀림없었다.

정은희에게 퇴근 사실을 알리고 집으로 갔다.

가는 동안에도 분위기는 무거웠다.

나는 모른 척 같이 들어갔고 이젠 완전히 가족이 된 할머니와 성옥연 할머니가 우릴 반겼다.

"하이고, 오셨습니꺼. 어서 오이소."

"어서 오세요."

"연락도 없이 죄송합니다. 할매."

"됐습니더. 우리끼리 그러는 거 아입니더. 안 그래도 오늘 뭐 할까 고민하고 있었는데 우리 삼촌이 오셨으니 김치찌개로 해야겠네에. 돼지고기 숭숭 썰어 넣어 가꼬."

교장실 사건 이후 우리 집에 오는 성인 남자는 다 삼촌이됐다.

"그렇게 안 해 주셔도 되는데……."

"언제예. 뭐 좋아하는지 뻔히 아는데 그라믄 안 되지예. 동상, 가자. 요 앞 정육점 돼지고기가 좋다."

"예, 언니."

할머니와 성옥연 할머니는 오필승 그룹 창립식 이후 말을 편하게 텄다. 우리 할머니가 다섯 살 많아서 언니다.

부득불 나갔다 들어온 할머니 손엔 돼지고기 뭉텅이와 소주도 다섯 병 들려 있었다.

"입가심하시라고."

손발이 척척.

할머니가 반찬을 꺼내면 성옥연 할머니가 정갈하게 놓았다.

김치찌개는 팔팔 끓었고 밥도 뽀얀 김을 내뿜으며 다 됐음을 알렸다.

한 그릇 가득 퍼서 조용길 앞에 올려 두었고 숟가락으로 국물을 마실 때까지 시선을 떼지 못했다.

"캬~ 이거 좋군요."

"그렇습니꺼?"

"아주 좋습니다. 좋아요."

조용길이 환히 웃었다.

할머니도 웃었다.

소주도 따라 주고 밥도 두 그릇째 먹고 조용길은 며칠 굶은 사람처럼 먹어 댔다.

격정적인 식사가 끝나고.

"……."

"……."

"……."

"……."

"……."

"……."

같이 내 방으로 갔으나 아무 말 없이 방바닥에 앉아 창밖만
내다보았다.

나도 그 옆에 가만히 앉아 같이 바라보았다.

그러길 얼마나 지났을까?

"나 이혼했다."

"……!"

임동식을 보는 눈길에 묻은 어색함이 이것 때문이었다.

솔직함으로도 넘을 수 없는 산이 그에게 있었다.

"작년부터 별거에 들어갔고……. 오늘 확정받았다. 미안하다."

"……."

숨기고 있었구나.

해 줄 말이 없었다.

제아무리 이혼을 자주 보고 그 파장을 온몸으로 겪은 인생
이라지만 내가 직접 이혼을 해 본 경험은 없었으니.

"너한테만큼은 직접 말해 주고 싶었다. 미안하다."

"다들 아세요?"

위대한 탄생.

"모른다. 확정받자마자 네가 생각났다."

"그렇군요. 그분은 어떠세요?"

"안 좋지. 나 때문인데."

"……."

"미안하다."

"저는 괜찮아요. 이렇게 같이 있잖아요. 전 아저씨랑 이렇게 같이 있을 수 있는 것만으로도 기뻐요. 그러니 미안해하지 마세요."

"……."

"이도 시간이 약이겠죠?"

"그렇겠지."

그의 속을 무슨 수로 헤아릴까.

위로가 안 되는 건 어떤 짓을 해도 위로할 수 없었다.

그저 곁을 지켜 주는 수밖에. 그 눈을 보고 그 몸짓을 보고 원하는 바를 추측하는 수밖에.

조용길의 손을 잡았다.

따스했다.

"우리가 이렇게 같이 있잖아요."

"그래……. 그거면 나도 됐다."

이날 조용길은 우리 집에서 잤다.

다음 날 아침이 되어 두 할머니의 융숭한 대접을 받았고 내가 학교 가는 길을 배웅했다.

나는 수업에 집중하지 못했다. 점심도 먹는 둥 마는 둥.

아 참, 반포 국민학교는 급식 시범화 학교로 지정돼 작년 중순부터 뚝딱거리더니 올해부터는 급식을 실시했다.

한 달 급식비로 5천 원 내란다.

이것도 내니 못 내니 하는 가정도 있었던 터라 잠시 논란이 일었는데 정부의 예산 증액으로 말끔히 해결했다.

그 덕에 할머니의 도시락 싸기는 작년부로 멈췄는데.

무척 아쉬워하셨다.

터덜터덜 집으로 돌아가니 조용길이 여전히 있었다.

놀람보단 안심이 더 컸다.

"며칠 지내기로 했다. 괜찮지?"

"저야 좋죠. 옛날 생각도 나고."

"그치? 여기 도망 와서 한참 지냈는데. 쿠쿠쿡."

"쿠쿠쿡."

마른 웃음이다.

"아까 강 경정이 들렀더라."

"금방 가셨나 보네요."

"응, 주변을 돌다 생각나서 왔다고 밥 한 그릇 뚝딱 먹고 갔다."

화성 연쇄 살인 사건을 해결한 공로로 일 계급 특진해 경정이 된 강희철은 바쁜 와중에도 가끔 이렇게 와서 밥을 먹고 갔다. 사 먹는 거로는 도저히 안 된다며, 너스레를 떨며 할머니를 기쁘게 해 줬다.

"우리 할매 밥이 맛있죠."

"그렇지. 나도 며칠 있다 보면 살찌더라."

"그나저나 4월에는 다른 스케줄 없죠?"

"4월? 슬슬 활동 마무리할 때라 없어. 왜?"

"저랑 갈 데가 있어요. 위대한 탄생도 시간을 비워 두라 일러두세요."

"알았다. 4월에 비워 두면 되지?"

"3월 말부터요. 저랑 멀리 떠날 거거든요."

그래미 어워드로요.

미심쩍은 곳이라 본래는 참석하지 않으려 했는데.

조용길을 보고 마음을 바꿨다.

환기하게 해 주고 싶었고 상을 타든 못 타든 그런 무대에 가 보는 건 좋은 기회이긴 했으니까.

어쨌든 뮤지션으로서는 최고의 영예가 아니겠나.

"멀리? 여행 가나? 하여튼 알았다. 말해 둘게."

미국행 최종 인선을 정했다.

조용길과 위대한 탄생, 김연.

오필승 엔터테인먼트의 행사에 김연이 빠지는 건 있을 수 없는 일이다.

겸사겸사 DG 인베스트의 일도 처리할 겸 일행에 정홍식도 포함시켰다. 여태 옆에서 물심양면 도와준 지군레코드 사장도. 그 사실을 출발하기 보름 전 공표했다.

"예?!"

"지금 무슨 말을 하는 거야?!"

"어딜 간다고?!"

웅성웅성.

영화계에 오스카가 있듯 대중가요계에는 그래미가 있다.

빌보드의 '빌' 자도 황송해하는 한국 음악계에 느닷없는 그래미라.

시장 한 귀퉁이에서 몇백 원짜리 나물 파는 할머니에게 400억짜리 로또가 떨어진 것 같은 표정들이 나왔다.

놀라는 건 당연했다.

반발도 당연했다. 가장 강성은 이학주였다.

"홍식이는 왜 데려가?! 나도 데려가!"

"정 대표님은 투자사 일로 같이 가는 건데요."

"아, 몰라. 나도 데려가. 나도 그래미 구경하고 싶다고!"

"자리에 못 앉을 수도 있는데요?"

"몰라. 몰라. 몰라. 나도 데려가! 무조건 나 데려가. 데려가 주기만 하면 시키는 대로 다 할게. 응응응?"

아이처럼 떼를 쓰고.

더 거절했다간 의가 상할 판이라 고개를 끄덕였다.

"알았어요. 대신 절대복종."

"콜. 이번 미국행에 한해서 너 하라는 대로 다 할게. 됐지?"

너무 좋아한다.

한 명 더 데려간다고 무슨 일이 생길까.

신난 이학주가 소리를 지르고 있을 때 정홍식을 보았다.

"연락은 다 취해 놓으셨어요?"

"예, 움직이시기만 하면 됩니다."

"계약서는 준비됐나요?"

"세 가지 측면으로 준비하긴 했는데. 들어줄까요?"

"들이밀어 보는 거죠. 아님, 말고요. 그래도 마지막까지 확인해 주세요."

"알겠습니다."

바빴다.

비자 받고 어쩌고저쩌고.

학교에 미국 출장 사실을 알리고 몇몇 가수 프로듀싱하다 보니 보름은 순삭.

나, 조용길과 위대한 탄생, 김연, 정홍식, 이학주, 지군레코드 사장, 백은호 총 열두 명이 미국행 비행기에 올랐다.

아 참, 추가로 한 명 더 있었는데.

"공항으로 나오지 말고 바로 숙소로 가라고 연락했죠?"

"예."

태평양을 건넜다.

올해 그래미 어워드가 열리는 장소는 6,200석 규모의 뉴욕 라디오 시티 뮤직홀이었다.

1932년 개장한 록펠러 센터에 있는 극장으로 개봉 영화와 스테이지쇼를 위한 전당으로 알려져 있으며 2000년대에도 연간 600만 명이 넘는 관객이 찾는 곳이었다. 무대 효과를 위한 모든 기계 장치를 구비하고 댄싱팀인 '로켓'과 전속 발레단도 있는 곳.

열 몇 시간을 날아 겨우 도착한 우리는 잠시 공항에서 숨을 돌리고 그래미 어워드가 마련해 준 숙소로 출발하려고 하였다.

그 잠시간에 무언가 확인해 본다며 정홍식이 전화하러 갔다가 돌아와서는 이런 말을 했다.

"마이크로소프트사가 너무 급한 모양입니다. 우리가 오늘 도착하는 걸 알았는지 당장 만나자고 연락 왔답니다."

"갑자기요?"

"어떻게 할까요? 총괄님께서 승인하시면 메간도 바로 출발할 겁니다."

"으흠……."

내일이 그래미 어워드였다.

그래서 약속도 시상식이 끝나는 날짜에 맞춰 잡았는데.

"지금 당장 워싱턴에 가야 한다고요?"

"예."

주위를 둘러보았다.

나만 바라보는 이가 아홉 명이다.

설명이 필요할 때였다.

"이게 참 곤란하게 됐네요. 무슨 일이 일어났는지 설명해 드릴 테니까 잘 들어 보세요. 지금 우리 앞에 두 가지 길이 기다려요. 이때가 아니면 안 되는 계약과 그래미 어워드. 계약은 놓쳤다간 영영~ 죽을 때까지 후회할 정도로 크죠. 물론 그래미도 그렇긴 하네요. 원래 약속은 나흘 후였는데 급한 불이 떨어졌는지 계약의 당사자가 오늘 당장 보자고 하네요."

"……."

"……."

"어떻게 할까요? 무시하면 계약은 날아갈 테고 그래미에는 갈 수 있겠죠. 계약하러 갔다간 그래미에는 시간을 못 맞출 수도 있어요."

모두가 조용한 가운데 이학주가 나섰다.

"뭘 그렇게 심각하게 물어보나. 그냥 장 총괄 하려던 대로 해."

"예?"

"우리 때문에 이러는 거잖아. 우리 그래미 보여 주려는 것 때문에."

"그야……."

맞다.

그래미 어워드에 참석하려고 이 많은 사람이 한국에서 날 아왔으니까.

"장 총괄 혼자 왔다면 뒤도 안 돌아보고 계약하러 갔을 거 아냐?"

이학주의 질문에 일행 전부가 내 입만을 바라보았다.

확실히 그랬다.

나도 더는 미루지 않고 솔직하게 나갔다.

"아마도 그랬을 거예요. 그래미야 언제든지 올 수 있는 곳 이니까."

"쳇, 그래미도 장 총괄에겐 그 정도 무게감인 거구나. 그럼 결정 난 거네. 가자고. 워싱턴이라고? 다들 뭐 해? 빨리 움직 여야지. 그래도 잘만 하면 내일 시간에 맞출 수도 있다는 거 잖아. 이러고 있을 시간이 없다고."

같이 가자고 한다.

말렸다.

"아니, 그게 아니라 저랑 정 대표님만 움직이면 돼요."

"그게 무슨 소리야? 그래서 장 총괄이 못 오면?"

"예?"

"주인공인 장 총괄이 안 오면 우린 그냥 붕 뜨는 거라고. 그 냥 같이 가. 가도 같이 가고 못 가도 같이 못 가는 거야. 홍식 아, 뭐 하냐? 빨리 비행기표 끊어라. 나 급하다."

"아, 옙."

순식간에 결정이 났다.

전화 한 통에 서류를 든 메간이 공항으로 왔고 비행기에서 내린 지 얼마나 됐다고 또 동부로 날아갔다.

한국에서 올 때 시차 적응 겸 밤 비행기를 탄 게 주효했다.

낮 비행기를 탔다면 동부에 도착했어도 늦은 밤이었을 텐데 시애틀 공항에서 짐 찾고 부랴부랴 마이크로소프트사에 가도 오후 한창때였다.

또 다 같이 우르르 들어갔다.

빌 게이트는 열두 명이 쳐들어오자 놀라는 빛을 띄웠는데.

"약속 시각을 변경하는 바람에 부득불 같이 움직였어요."

"아, 미안합니다. 사안이 워낙에 급해서."

나도 급했다.

"이해합니다. 그럴 만한 사안이 있을 거라고 믿어요. 자, 바로 본론으로 들어갈까요? 투자를 받으시겠다는 건가요?"

"그보다 전달한 내용이 확실한 겁니까? 그 Key라는 것."

"그렇죠. 그렇지 않고서야 뭐 하러 여기까지 날아왔겠습니까?"

"아시다시피 재판이 불리한 쪽으로 가고 있어요. 다들 애플의 승리를 예상합니다. 정말 괜찮겠습니까?"

"본래 투자란 리스크가 있겠죠. 실패하면 투자금의 손실일 테고 성공하면 전략이 맞아떨어진 거고요."

"뭐, 좋습니다. 서로 가릴 처지가 아니니 진행해 보죠. 회사 지분의 10%를 원한다 하셨죠?"

"예."

"5천만 달러입니다."

"……!"

작년에 제안한 금액이 10%에 2천만 달러였다.

그것도 러프하게 좋은 조건으로 던져 준 것.

마이크로소프트사가 재판에 휩쓸리지 않고 멀쩡할 때 책정한 금액이었다.

애플과의 소송에서 목숨줄이 간당간당한 이때 가격을 올린다라.

첫 느낌이 이랬다.

먹튀?

"……."

이 상황에 어깃장이라니.

그러나 먹튀는 아닐 것이다. 조금 더 근본적으로 들여다봐야 옳았다.

평상시면 5천만 달러를 던진다 한들 이 사람이 계약할까?

뉴욕에 있는 우리를 부른 걸 보면 고작 하루 사이에 비밀을 풀어낸 건 아닐 테고.

'그렇겠지. 소송을 언급할 때의 눈빛은 다급했어. 다른 게 있다는 거야. 뭘까? 뭔데 이런 배짱을 부리지?'

빌 게이트의 입가가 살짝 올라갔다 내려가는 게 보였다.

'흥정인가?'

홍정이라고?

홍정이란 상대가 있어야 가능한 건데……!!!

'손 마사욘시. 그 사람이구나. 그 사람이 찾아온 거야. 틀림없어. 그 사람이 투자 제안을 넣은 거야.'

그제야 이상한 위화감이 이해되었다.

허리를 펴고 소파에 등을 기댔다.

"우리 말고 다른 줄이 생긴 모양입니다."

"……."

"일본인가요?"

"……!"

"그래서 그쪽이 소송을 해결해 줄 비책을 가지고 있답니까?"

단연코 없을 것이다. 그렇지 않았다면 손 마사욘시가 마이크로소프트사의 지분을 노리지 일본 독점 판매권만 사 가진 않았을 것이다.

이 한 건으로 소프트뱅크는 화수분 같은 자금줄이 생기고 세계적인 투자사로서 입지를 다지게 된다.

일어났다.

"게이트 씨는 아주 기분 나쁜 재주를 가졌네요. 친구를 적으로 만드는."

내 눈치를 보던 일행 전부가 일어났다.

"애플로 가야겠어요."

돌아서 나갔다. 문을 잡는 순간,

"잠깐."

부른다.

웃기는 놈.

드라마를 많이 봤나?

모른 척 바깥으로 나갔다.

바로 차에 올라타니 그제야 뛰어나와 차 앞을 막았다. 다급한 얼굴로 나를 붙잡았다.

"잠시만요. 잠시만요. 미안합니다. 제가 잠시 시험했습니다. 부디 가지 마시고 저와 계약해 주십시오."

지랄.

◇　◆　◇

"마이클에게는 알려 줬죠?"

"안 그래도 페이트에 마련된 객실로 들어갔답니다."

호텔 2인 객실 파트너로 정홍식이 들어왔다.

"뭐라 안 하던가요?"

"그냥 페이트라고 했더니 자동으로 객실 키를 주더랍니다. 스위트룸이라던데요. 가족들이 아주 좋아한다고요. 그래서 아예 페이트 행세나 실컷 하라고 해 줬죠. 쿠쿠쿡."

"그래요? 실컷 즐기라고 하세요. 하하하하하."

마이크로소프트사와의 계약을 마치고 시애틀 공항 근처

힐튼 호텔에 들어왔다.

계약하고 공중받고 어쩌고저쩌고하다 보니 저녁이고 뉴욕으로 갈 비행기표도 내일이나 있고 일행들의 피로도도 너무 높아 하룻밤 묵어가기로 했다.

시애틀이었다.

'시애틀의 잠 못 이루는 밤'이 있는 곳.

하지만 실제로 본 야경은 영화에서 보던 것만큼 낭만적이지는 않았다.

"그나저나 5천만 달러는 너무 과한 금액 아닙니까?"

"머리에 5천만 달러가 이미 박힌 사람이라 다른 방법이 없었어요. 대신 지분율을 올리고 독점 판매권을 받아 왔잖아요."

"전 아무래도……. 그 윈도우라는 게 그토록 대단한 건지 모르겠습니다."

"대단하죠. 앞으로의 문명을 이끌 힘이니까요."

"소프트웨어 하나에 문명까지 나옵니까?"

컴퓨터를 다루는 인간의 90%가 윈도우를 쓴다면 이미 문명이었다.

빌 게이트를 상대로 난 지분 20%를 불렀고 동아시아 3국에 대한 독점 판매권도 달라 요구했다. 5천만 달러를 줄 테니.

그 상황에도 머리 굴린 빌 게이트는 15%로 끄집어 내리고 동아시아 3국 중 중국을 뺀 나머지 일본과 한국의 독점 판매권만 인정하겠다고 했다. 나도 중국과 얽히는 건 피하고 싶은

터라 콜.

바로 악수했고 또 바로 송금하며 계약의 실효성을 확보했다. 여기에서 재밌는 건 상승된 지분 5%는 빌 게이트 아내의 것에서 가져왔다는 건데.

어쨌든 나야 지분이 15%로 상승했고 한국, 일본 독점권도 가져왔으니 나쁠 게 없었다. 여기에 빌 게이트는 하나의 조항을 더 추가하자고 했는데 지분 정리 시 우선 협상 대상으로 자기의 이름을 넣겠다는 것이다.

이도 오케이.

이 일 하나에 일본 시장에서 번 돈 전부를 쏟아부었다.

"대단할 거예요. 우리가 군이 참견하지 않아도 마이크로소프트사는 엄청난 성공으로 세계인의 입에 오르내릴 테니까요."

"세계인이라…… 정말 그렇게 된다면 더 바랄 게 없겠습니다."

"하하하하하, 우린 천천히 두고 보기만 하면 돼요. 이 얼마나 간편한 일이에요? 놔두면 알아서 돈 벌어다 줄 텐데."

"그런 건가요? 말씀대로라면 이거야말로 불로소득 아닙니까?"

"엄청난 불로소득을 기대하고 있죠. 하하하하하하."

통쾌했다.

사십 대 영혼이 한참이고 웃어 젖힐 만큼.

그때 정홍식이 은근슬쩍 물어 왔다.

"그럼 아까 전달했던 그 쪽지가 해답이었던 겁니까?"

"보셨어요?"

"누구나 알아챘을 겁니다. 시종일관 초조해하던 사람이 쪽지를 보자마자 주먹을 꽉 쥐었잖아요."

"재판 양상이 완전히 달라질 거예요."

"그 정도입니까? 하긴 저도 뭔가 이상한 느낌을 받긴 했습니다. 그 빌 게이트란 사람의 눈빛이 달라졌거든요. 하나 물어봐도 됩니까?"

"뭔데요?"

"나중에 찾아볼 거긴 한데, 너무 궁금해서 그럽니다. 이번 소송의 쟁점인 GUI란 게 대체 뭡니까?"

Graphical User Interface.

사용자 편의를 위한 화면 구성이었다.

컴퓨터를 쓸 때 시작화면에 떠오르는 그래픽들. 예를 들어 익스플로러, 도큐멘트, 제어판 등등.

컴퓨터 시장은 앞으로 GUI 이전과 이후로 나뉠 만큼 급격한 행보를 겪게 된다.

세계를 선도해 온 DOS 시대가 몰락하고 그래픽의 시대가 온다는 얘기다.

이 차이점은 웹소설과 웹툰의 접근성만큼 극렬한데.

일일이 읽어 봐야 하는 것과 한눈에 직관적으로 알 수 있는 것의 차이는 곧 진입 장벽의 유무와 같았으니.

"얼마나 편하겠어요? 아이콘만 클릭하면 되는데. 창도 여러 개 띄울 수 있고."

"그 말씀대로라면 엄청 편리해지겠군요. 그림으로 보는 것과는 달리 무언가를 읽는다는 건 엄청난 심력이 소모되니까요."

"이로 인해 개인용 컴퓨터 시대가 본격적으로 열릴 거예요. 이전까지의 컴퓨터는 전문가를 위한 도구였을 뿐이잖아요."

"정말 개인용 컴퓨터 시대가 열릴까요?"

"그럼요. 윈도우 1.0이 비록 지금은 허접하기 이를 데 없지만 편하다는 건 절대로 무시할 수 없는 이점이거든요."

다는 알아듣지 못하겠지만 일단 고개를 끄덕인 정홍식은 다시 질문하였다.

"그렇다면 애초 소송이 왜 걸린 겁니까? 이렇게 중요한 기술이라면 분명 우리처럼 특허권으로 보장받아 놨을 텐데요."

"특허를 내긴 했죠."

"예?"

"그래서 소송이 걸린 거잖아요. 마이크로소프트사가 무단 도용했다고요."

"……잘 이해가 안 돼서 그러는데, 마이크로소프트사가 애플의 특허를 도둑질했다는 겁니까?"

"애플 입장에서는 그런 셈이죠."

"그럼 우린요?"

많은 의미가 담긴 질문이었다.

특허로 보장받은 기술이라면 애플의 승리는 명약관화.

DG 인베스트가 한 투자는 말 그대로 뻘짓이 된다.

"이를 이해하려면 일련의 내용을 잘 알아야 해요. 우선 그것부터 살펴보죠."

"예."

"GUI란 미래를 선도할 중요한 기술이 나왔어요. 나오긴 했는데. 문제는 이 기술을 제대로 활용할 만한 Operating System이 없었다는 거죠. 애플이 마이크로소프트사를 선택한 건 새로운 운영체제 즉 OS의 개발을 위해서였고, 공동으로 협력하는 조건으로 손을 잡았죠. 서로의 강점을 취하려 한 겁니다."

"발전의 이상적인 방향성이긴 한데 마이크로소프트는 어째서 무단 도용한 거죠?"

"여기에서 재밌어지죠. 마이크로소프트가 이 기술의 힘을 알아본 거예요. 마음이 바뀐 거죠. 양사가 축적한 기술을 애플의 동의 없이 멋대로 활용해 윈도우 1.0을 출시해 버린 거예요."

"예?! 동의도 없이요? 허어……. 무슨…… 순간 번뜩하고 떠오르는 말이 있는데 해도 됩니까?"

이 시점 정홍식이 하고픈 말이라.

굳이 들을 필요 있을까.

"욕이죠?"

"예."

양아치 짓이 맞았다.

실리콘밸리의 악마답게 치졸한 수단으로 파트너를 엿 먹인 것.

정홍식도 솔직한 평가를 내놨다.

"마음 같아선 애플의 손을 들어 주고 싶을 정도입니다."

"대부분이 그런 마음일 거예요."

공동 개발에 한해 사용을 허락한 기술을 제 마음대로 도용해 놓고 마이크로소프트는 이런 주장을 펼쳤다. 기간이 명시되지 않았으니 무기한 사용해도 되는 게 아니냐고.

누가 봐도 마이크로소프트가 나쁜 놈이었다.

"그런데 왜?"

왜 그딴 회사에 투자하냐고?

"마이크로소프트가 승리할 테니까요."

"혹시 애플의 특허에 빈틈이 있었던가요?"

"특허 자체에는 문제가 없어요."

"그런데 어떻게 이런 일이……?"

"애플 CEO가 멍청한 놈이라서요."

리더의 차이가 컸다.

마이크로소프트사의 CEO는 똑똑했고 애플 CEO는 멍청했던 것.

OS 개발을 위해 합작한…… 1~2년 안에 쓸모없어질 애플 소프트와의 계약을 빌 게이트는 포기하고 싶지 않았다.

그렇게 계약서상의 허점을 교묘하게 이용, 애플 CEO인 존 스컬린으로부터 1985년 11월 매킨토시 GUI의 영구적인 라이선스(계약 기간이 명시되지 않은)를 얻어 낸다.

참고로 1985년은 스티븐 잡스가 애플에서 쫓겨난 해.

이 일을 계기로 마이크로소프트는 GUI 방식 컴퓨팅을 전 세계로 확장시키는 데 성공했고 세계 최고의 IT 회사가 된다.

"호랑이를 불러들인 거죠. 애플 OS 개발을 위해 선택한 일 꾼인데 그놈이 들어와 곳간은 물론 와이프까지 빼앗아 버린 겁니다."

"어떻게…… 이런 일이 일어날 수 있죠?"

소송을 걸었다지만.

본역사에서도 판사는 애플이 '부주의하게' GUI에 대한 권 한을 영구적으로 넘긴 것으로 판결 낸다.

가만히 놔둬도 그렇게 될 일이었다.

그렇게 될 일인데.

'그 덕에 빈틈을 공략할 수 있었지. 이 일이 아니었으면 빌 게이트가 우리에게 콧방귀나 뀌었을까?'

작년처럼 잔뜩 비웃기나 했을 것이다.

어쨌든 양사의 소송으로 인해 DG 인베스트는 마이크로소 프트사의 지분 15%를 얻었고 플러스로 일본과 한국의 독점 판매권까지 챙기는 쾌거를 이뤘다.

돈 5천만 달러?

조용히 웃어 준다.

"앞으로 이런 기업들이 우후죽순 생겨날 거예요. DG 인베 스트가 할 일은 떡잎부터 될성부른 놈들을 캐치, 상생하는 겁니다. 상상해 보세요. 이런 기업이 널려 있어요. 건지면 건질 수록 돈이 되죠. 이게 얼마나 재밌는 사업이에요? 하하하하 하하."

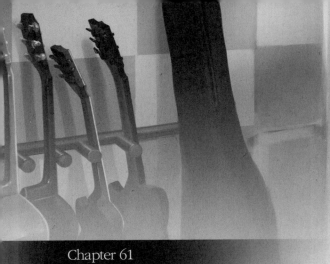

다행히 시상식 일정에는 차질이 없었다.

조마조마했던 마음과는 달리 뉴욕으로 가는 첫 비행기를 탔고 던컨 스테이크 하우스에서 점심을 먹을 만큼 여유를 부릴 수 있었다.

남은 시간 맨해튼을 관광했고 자유의 여신상 앞에서 사진도 찍고 놀았다. 이렇게 모두가 긴장이 풀어져 헤실대고 있을 때.

단 한 사람만큼은 어제의 일을 놓지 않고 꾸물댔다.

정홍식이었다.

"그렇다면 그 쪽지에 적은 건 뭡니까?"

"아직도 그 얘기예요?"

"잠을 이룰 수가 없었습니다. 궁금해서요. 비행기에서도 물어보고 싶었는데 거기서 주무셔서……. 날짜를 적지 않은 거로 라이선스를 획득했다는 주장은 이미 마이크로소프트사에서 얘기한 바이고 우리와는 전혀 상관없는 일 아닙니까."

"맞아요. 우리가 빌 게이트에게 상황을 획기적으로 반전시킬 수 있는 패를 줬죠."

"예, 그게 정말 궁금합니다. 재판 양상을 완전히 달라지게 만들 패가 대체 뭡니까?"

"그렇게 궁금하세요? 조금 있으면 그래미 어워드에 참석할 텐데요."

"저뿐 아니라 복귀한 메간도 힘들었다고 합니다. 비행기에서 어제 들은 내용을 공유하긴 했는데 그 쪽지만큼은 저도 알 방법이 없는 터라."

"안 되겠어요?"

"예."

"알았어요. 공개된 비밀인데 굳이 감출 필요는 없겠죠."

빌 게이트에게 준 것처럼 쪽지를 하나 만들어 적어 줬다.

정홍식은 보물찾기하는 것처럼 쪽지를 조심히 들춰 봤다.

"Xerox?"

"제록스죠."

"제록스가 왜………?"

"GUI에 대해선 잊지 않으셨죠?"

"예."

"그걸 개발한 회사가 원래 제록스예요."

"예?!"

"애플이 아니라 제록스예요."

GUI가 탑재된 세계 최초의 컴퓨터는 매킨토시가 아니라 그보다 몇 년 앞서 1981년에 제작된 '제록스 스타(Xerox Star)'였다.

컴퓨터 전문 회사가 아닌 복사기로 유명한 회사.

제록스 산하 팔로 알토 연구소란 곳에서 워크스테이션 용도로 만들어진 컴퓨터인데.

정작 만든 제록스는 별 재미를 못 봤고 적극적으로 팔 생각도 없어 2,000대 정도 제작해 연구소 내에서만 썼다고 한다. 그래픽 클릭을 위한 마우스도 당연히 제록스에서 만들었다.

"1981년 가전 박람회가 열렸어요. 출품된 제록스 스타를 본 애플이 어떤 충격을 받았을까요? 미치는 거죠. 당연히 행동으로 움직였고요. 1백만 달러어치 애플 주식을 주고 기술 자료를 획득, 그걸 바탕으로 매킨토시가 개발돼요."

"그럼, 원천 기술이 애플 것이 아니라는 거잖습니까?"

"예, 애플도 남의 기술로 특허 낸 거죠."

"그 말씀은……."

"소송 자체가 무효라는 거예요."

"허어……."

"둘 다 양아치죠."

"믿을 놈이 하나도 없군요."

"맞아요. 이 동네가 원체 양아치투성이죠. 그래서 계약서는 백 번을 검토해도 모자라지 않는다는 말이 나도는 거고요."

"명심하겠습니다. 아예 이참에 건별로 표준 계약서를 만들어 놔야겠군요."

"옳은 방향성입니다."

원역사에서도 궁지에 몰린 마이크로소프트사는 총력을 다해 특허권에 대해 조사했고 그 뿌리가 제록스임을 캐치, 제록스에 도움을 요청하게 된다.

지금은 당황해서 아무것도 보이지 않지만 그렇게 된다는 것.

제록스의 특허 전문 변호사들은 그때야 부랴부랴 오래된 서류를 뒤져 자신들이 GUI의 원천 특허를 가지고 있음을 발견하는데.

"재밌는 건 지금 제록스는 자기가 GUI의 원천 특허를 보유한 사실도 모르고 있어요."

"예?!"

"멍청하죠?"

"어떻게 이런 일이 벌어질 수 있죠?"

"그러게요. 하지만 메이저리거라도 다 야구를 잘하는 건 아니니까요."

"······."

"자, 말이 나온 김에 앞으로 어떻게 될지 한번 예상해 볼까요?"

"예상이라면?"

"소송에 대해서도 좋고요. 우리의 행보에 대해서도 좋죠."

"그야 제록스가 발칵 뒤집히지 않을까요? 보통 건이 아닐 텐데."

"그렇겠죠."

"저라면…… 애플을 고소하겠네요."

"빌 게이트는 웃고요."

"막장이군요."

최종적으로 제록스는 특허를 인정받는다.

다만 권리 주장 기간이 도과해 독점적인 권리는 부정되고 애플의 특허는 제록스의 원천 특허로부터 터를 잡은 것으로 판정, 무효로 일단락된다.

이 일로 애플은 재심을 신청했으나, CEO인 존 스컬린의 입지는 무지막지하게 흔들려 버리고 이사회는 스티븐 잡스를 복귀, 복귀한 스티븐 잡스는 빌 게이트와의 합의에 성공, 비로소 기나긴 소송전이 끝나게 된다.

"누가 승리한 걸까요?"

"마이크로소프트군요. 애플은 패배, 제록스는 좋다 말고요."

"자, 이제 문제 나갑니다."

"갑자기요?"

"이 시점 DG 인베스트는 무얼 해야 할까요?"

"그야…… 마이크로소프트사가 승리한다는 가정하에서……. 지분이야 가지고 있으면 되는 거고, 독점 판매권이군요!"

"한국과 일본에 회사를 설립해야겠죠?"

1988년 말 한국에 큐닌스컴퓨터라는 회사가 하나 설립된다. 마이크로소프트사와 대한민국 1세대 벤처 회사의 합작이.

"한국으로 돌아가자마자 오필승 테크를 세울 예정이에요. 판매 대행 계약을 준비해 주세요."

"일본은요?"

"주변에 오필승 테크 일본지사를 맡아 줄 사람 없어요? 일본에 아주 냉정한 사람이면 좋겠는데."

"그런 사람이야 아주 많죠."

"심지가 굵은 분으로 소개해 주세요. 면접 보고 바로 설립하는 거로 할게요."

"벌써 괜찮은 녀석이 한 명 떠오릅니다. 절대 실망하지 않으실 겁니다."

"그 정도 자신감이면 충분해요. 이제 슬슬 움직여 볼까요? 참석 준비도 해야 하고 마이클이 혼자서 버거울 거잖아요."

"좋습니다. 오늘 최고로 꾸며 보겠습니다. 하하하하하하."

"좋죠. 상을 받든 안 받든 좋은 구경이잖아요. 하하하하하하."

◇　◆　◇

"누가 온다고요?"

"그게…… 전 대통령이 오신답니다."

"그러니까요. 알아듣게 말씀하세요. 가온에 묵는다는 건가요? 아님, 구경하러 온다는 건가요?"

"내외분께서 소경복궁에 묵길 희망하셨습니다."

놀라서 후다닥 달려온 직원의 보고에 홍주명은 심장이 덜컹 내려앉는 기분이 들었다.

전 대통령이라면 전씨 성을 가진 대통령이었다.

한때 누구나 두려워하던 무소불위의 권력자.

아찔하며 눈앞에 갈림길이 나타났다.

호텔 가온의 개업 이래 최대의 위기.

"어디쯤 오고 계시다는 거죠?"

"벌써 출발하셨답니다."

"일이 아주 곤란하게 됐군요."

전화기부터 찾다 멈칫.

총괄이 미국에 갔다는 걸 깨달았다.

"후우……."

어떻게 하나. 어떻게 처리해야 하나.

초대 대표로 선임되며 절대 입실시키지 말아야 할 리스트를 받은 적이 있었다. 혹시 이 중에 누군가 자신의 위세를 과시하기 위해 소경복궁에 묵으려 할지 모른다며 기준으로 삼으라는 답까지.

그때는 당연히 막겠다고 다짐했는데.

막상 일이 닥치니 전신의 힘이 쭉 빠지는 느낌이 들었다.

상대는 전 대통령이었다.

일개 건설사 사장과 맞붙을 때랑은 차원이 달랐다.

"이거 난리 났군."

이 일로 어쩌면 파멸의 길을 걷게 될지도 몰랐다. 그것이 전 대통령 때문이든 총괄 때문이든.

"어떻게 할까요? 의전을 시작할까요?"

"……."

"대표님? 대표님?"

쉽게 움직일 수 없었다. 판단 하나에 지금까지 이뤄 놓은 모든 것이 수포로 돌아갈 수도 있었다.

건설사 대표라는 직함도 이곳 가온의 대표라는 직함도 전 대통령과 총괄에게는 그리 큰 힘을 쓰지 못한다.

그러나 답은 의외로 가까운 데 있었다.

홍주명은 허리를 곧추세웠다.

"일개 복덕방 주인에서 건설사 대표에 가온까지 왔어. 날 끌어올려 주신 분은 전 대통령이 아니라고."

"예?"

총괄의 당부가 떠올랐다.

- 처음이 아주 중요한 법이에요. 누가 뭐라든 어떤 힘이 작

용하든 소신을 지켜 주세요. 누구도 가온을 더럽히지 못하게. 홍 대표님으로부터 가온의 전통이 시작됩니다. 직원들이 자부심을 품을 수 있게끔. 지구상 유일의 조선을 잘 보듬어 주십시오. 뒤는 제가 책임지겠습니다.

5평 남짓 좁은 사무실에서 친구랑 장기나 두며 일생을 낭비하던 노인네가 여기까지 왔다. 무슨 영광을 더 누리겠다고 총괄을 배신할까.

다른 건 들어도 보아서도 인식해서도 안 된다.

오직 총괄만 본다.

"충성은 오직 총괄님께만."

"대……표님?"

"가온은 늘 같습니다. 지구상 유일의 조선으로서 품격을 지킬 겁니다. 전 대통령의 요청은 거절하세요."

"대표님!"

"소경복궁이 그에게 열릴 일은 없을 겁니다. 그리 아시고 움직이세요."

30분이 되지 않아 일단의 차량이 가온 앞에 섰고 번쩍이는 대머리가 그의 아내와 함께 들어섰다.

홍주명이 자신감 넘치는 얼굴로 그를 맞았다.

"안녕하십니까. 호텔 가온입니다."

◇ ◆ ◇

호텔 스위트룸.

똑똑똑

"예."

안에서 들리는 대답에 문을 연 백인 남자는 먼저 정중하게
인사하고 용건을 말했다.

"페이트 님, 이제 출발하셔야 합니다."

"그런가요?"

돌아본 이는 마이클 볼트였다.

"지금 가서야 레드 카펫에 오를 수 있습니다. 식전 파티에
도 참석하시고요."

"그래요?"

"예, 대기하고 있겠습니다."

몸을 돌리려는 백인 남자를 마이클 볼트가 잡았다.

"잠시만요."

"예, 말씀하십시오."

"꼭 지금 출발해야 하나요?"

"……무슨 일 있으십니까?"

"일행이 도착하지 않았네요."

"아……."

"제가 꼭 식전 파티에 참석해야 이유가 있는 건가요?"

"그건 아닙니다."

"레드 카펫에 오르지 않는다고 문제 될 것도 없겠죠?"

"그렇습니다. 다만……."

언론과 팬이 어쩌고저쩌고를 말하려 했으나 마이클 볼트가 끊었다.

"식에 늦지만 않는다면 괜찮다는 거네요."

"예, 그렇습니다."

"그럼 이따가 출발하죠. 뉴욕이 복잡해서 일행들이 찾기 어려운가 보네요."

"알겠습니다. 그리 알고 대기하겠습니다."

백인 남자가 나가자 마이클 볼트는 크게 숨을 내뱉었다.

"이거 은근 부담스럽네. 하라고 해서 하긴 했는데, 슬슬 재미없어져. 나중에 문제가 되는 건 아니겠지?"

그러다 또 소파에 벌렁.

"에이~ 모르겠다. 일단 즐기자. 내가 언제 또 이런 곳에 와 보겠어? 다들 나와. 갔어."

"아빠~."

"뭐래요?"

"뭐라긴. 지금은 내가 페이트인데. 가기 싫다면 안 가는 거지."

"그래요? 호호호호호."

"괜찮아. 대운이 허락했어. 대운만 괜찮으면 다 괜찮은 거야."

187

"그래요? 전 여기가 정말 좋아요."

자연스레 안기는 아내에 마이클 볼트는 미소 지었다.

"룸서비스나 시킬까? 식전 파티도 못 가는데."

"그래요. 어차피 NARAS가 다 내준다잖아요."

"그래, 이번엔 뭘 먹을까?"

"난 푸아그라."

"그럼 난 캐비어가 잔뜩 든 카나페와 와인으로 하지."

맨해튼을 돌며 적당한 파티 편집숍에서 쇼핑도 하고 스타일링도 하고 열두 명 전부 환골탈태하여 호텔로 돌아왔다.

이제 참석만 하면 된다.

"시간에 넉넉히 도착하겠네요. 마이클 나오라고 해요."

"예."

정홍식이 간 사이 서로의 패션을 보며 히죽대는 위대한 탄생을 잠시 흐뭇하게 보고 있는데 마이클 볼트가 가족과 함께 내려왔다.

"대운, 왜 이렇게 늦게 왔어? 엄청 기다렸잖아."

"잘 즐겼어요?"

"그럼그럼그럼. 엄청 즐겼지. 인사해."

부인과도 인사하고 동생과도 인사했다.

마이클 볼트는 인사 도중에도 말을 했다.

"두 시간만 일찍 오지. 레드 카펫도 밟고 식전 파티도 즐겼을 텐데."

"예?"

"몰랐어?"

"그게 뭔데요?"

"사실 나도 잘은 모르는데. 초대받은 사람들끼리 모여서 조촐하게 파티를 연다고 하더라고. 간단하게 샴페인도 마시고."

"아……. 저는 그냥 시상식 시간에만 맞추면 되는 줄 알았는데."

"괜찮아. 식전 행사 같은 건 의무는 아니더라고. 내가 다 물어봤어."

"그래요? 그럼 다행이고요. 이제 갈까요?"

"그래. 어! 안 그래도 저기 오네."

정장을 잘 차린 백인 남자였다.

그가 마이클 볼트에게 정중히 허리 굽히고 물었다.

"출발하시겠습니까?"

"예."

"그럼 차량으로……."

그 손이 출입구 쪽을 향하자마자 열댓 명이 우르르 일어서니 백인 남자가 움찔, 무척 당황해하였다.

"이분들이…… 다 일행이십니까?"

"예."

"아…… 이만한 분들이시라면 차량을 따로 섭외해야 할 것 같습니다. 페이트 님께서는 먼저 리무진으로 출발하시죠."

이때 나는 보았다.

백인 남자 눈에 들어찬 것의 정체를.

그는 우리를 무척이나 거슬려 했다.

마이클 볼트도 바보는 아니었다.

지금부터는 진짜 행사였고 페이트와 떨어져서는 안 됨을 알았다.

"무슨 말씀이세요? 지금 그 말씀은 설마 우리더러 따로 가라는 건가요?"

"아, 아닙니다. 따로 리무진 버스로 대령하겠습니다. 잠시만 기다려 주십시오."

백인 남자가 몸을 돌리며 다시 일행을 훑었다.

그 눈빛에서 또 아까 그것의 정체를 재차 확인하였다.

'이 사람, 우리 보기를 부랑자 보듯 하네.'

그러든 말든 일행들이 마이클 볼트의 어깨를 툭툭 치며 아주 잘했다고 말했다.

그러나 내 가슴은 서늘해졌다.

이상한 예감에 일행들을 불렀다.

"완전히 들어가서도 이 상태로 계속 진행하시죠."

"뭘?"

"마이클이 계속 페이트 행세를 하는 거예요. 시상식 끝날 때까지."

"왜? 난 이제 그만했으면 좋겠는데."

마이클 볼트가 거부하지만 아쉽게도 그에겐 선택권이 없었다.

"우리가 동부까지 날아가서 일할 때 혼자서 즐겼잖아요. 그 값을 치른다고 생각하세요."

"대운, 정말 이럴 거야? 나중에 밝혀지면 나 정말 큰일 난다고."

"큰일 안 나요. 제가 없으면 몰라도 같이 있잖아요."

"그렇긴 한데……."

"해 줘야 해요. 해 줄 수 있죠?"

"진짜 시상식 끝날 때까지 해야 해? 상을 주면?"

"본상 직전까지만 해요."

"그렇지? 본상 직전까지만 하면 되는 거지? 뭐, 그래도 다행이네. 알았어. 그냥 하면 되는 거지?"

"예, 앞장서시고 우리를 데리고 다니듯 하시면 돼요. 방금 그 사람에게 한 것처럼요."

"알았어. 그렇게 할게."

잠시 기다리자 리무진 버스가 호텔 앞에 섰고 우리를 태운 버스는 곧바로 록펠러 센터로 향했다.

록펠러 센터 앞은 인산인해였으나 초청된 스타들의 입장

이 끝난 상태였다. 취재하러 몰린 기자들도 정리하는 판이라 팬들도 슬슬 떠날 시점.

갑자기 도착한 버스에서 사람이 우르르 내리자 다들 쳐다봤다.

백인 넷에 나머지는 전부 동양인인 그룹이라.

그런 이들이 스태프의 안내에 따라 레드 카펫을 밟고 정문으로 향하자 눈치 빠른 몇몇 기자가 서둘러 플래시를 터트렸고 그제야 사람들도 우르르 달려들어 누구인지 캐내려 했다.

그러나 쌩~.

그들은 포토존에도 서지 않고 바로 입장해 버렸다.

"와우! 오늘 이 자리에 함께 계신 분들과 오늘의 영광을 시청하고 계시는 모든 분께 갓 블레스 유. 축복이 함께하길 바랍니다."

간단한 인사말과 함께 미국식 유머를 던지는 호스트가 진행을 시작했다.

제30회 그래미 어워드의 막이 오른 것.

중계권을 맡은 방송사는 소니에 뮤직 부문을 팔아 치운 CBS였고 생중계로 전국으로 송출됐다.

축하 공연이 연이어 이어졌다.

작년 'Record of the Year' 수상자인 스티브 윈우드가 Higher Love를 부르며 분위기를 고조시켰고 세 개의 댄스팀이 퍼포먼스로 무대를 밝혔다. 힙합 공연도 이어졌고 관록을 자랑하는 나이 든 뮤지션의 무대도 펼쳐졌다.

축제였다.

모두가 즐겼고 멋진 기량엔 소리를 지르며 환호해 주었다. 참가한 전부가 이 순간을 함께하는 것처럼 보였다.

잠시 시선을 끈, 한 귀퉁이에 앉은 우리 동양인들에 대한 관심도 이렇게 사라졌다. 저들은 저들의 문화를 누리고 우리는 시청자가 되어 조용히 관람하였다.

시상식을 4월로 미룬 만큼 속전속결로 수상자들이 발표됐다.

팝, 댄스, 일렉트로니카, 록, R&B, 컨트리, 재즈, 라틴, 레게, 동요, 코미디, 뮤지컬, 월드 뮤직에 가스펠까지 각 부문에서 몇 명씩 후보가 호명되었고 100개에 가까운 수상자가 나왔다.

그중 최우수 프로듀서와 최우수 록 앨범, 최우수 팝송 등에서 몇 번이나 페이트란 이름이 호명되기도 했는데 사람들이 페이트를 찾을 때마다 카메라가 은근슬쩍 주변을 비추듯 마이클 볼트를 스쳤다. 우린 뒤에서 박수 치는 장면으로 나갔다.

의도가 보이는 카메라워크라.

하지만 나는 온전히 즐길 수가 없었다. 주변을 살폈고 이들의 의도를 파악하느라 정신없었다.

'겨우 이 정도인가?'

그래미 어워드가 비록 세계 최고의 대중음악 시상식이긴 하나.

나는 방탄소년들의 불발을 본 사람이다. 지금 이 순간도 우리를 바라보는 스태프의 눈길과 분위기를 느끼고 있다. 그 것이 주는 불쾌한 위화감을 온몸으로 견디고 있었다.

이들에게 동양인은 겨우 이 정도였다.

나도 어차피 음악으로 끝을 보겠다는 생각이 없었기에 이까짓 상 안 받아도 무방하였으나.

내 피부가 노란색이라서 못 받는 꼴은 보고 싶지 않았다.

'흑인까지는 어째어째 들어온 것 같은데. 황인종은 한 명도 없어.'

단 한 명도 없었다.

그래미 어워드 내 황인종은 스태프 포함, 우리 일행이 전부.

그래서 더 눈에 띄었고 그래서 더 자중해 줬다. 자칫 조금이라도 소요를 일으켰다간 그대로 쫓겨날 분위기라.

마이클 볼트도 시종일관 무거운 분위기를 풍겼다.

페이트가 부문별 후보에 오르며 수상이 확정되며 카메라가 눈앞까지 왔지만, 표정을 펴지 않았다.

저 입구에서부터 느꼈다.

우리 황인종에겐 너무도 높은 문턱이라고. 스태프가 들어가려는 나를 막은 이래 마이클 볼트는 지금까지 화를 풀지 않았다.

'어딜 감히! 라고 잡았어. 마이클이 내 일행이라고 재차 말을 했음에도 스태프는 믿지 않고 끝까지 길을 막았어. 나를 하찮은 동양 꼬마 따위로 비웃었어.'

마이클 볼트가 시상식에 참석하지 않겠다고 으름장을 놓고서야 다른 스태프가 참견해 일이 무마됐다. 처음부터 끼어들 수 있었음에도 누구 하나 도와주는 사람이 없었다.

그랬다. 이들은 마이클 볼트가 페이트인 줄 알았다.

만일 페이트가 동양인이고 10살 남짓한 꼬마라는 걸 알게 되는 순간 어떤 일이 벌어질까?

'상패에도 이름이 적혀 있지 않았어. 그렇다는 건 수상 후 따로 새겨 준다는 소린데.'

즉 지금도 얼마든지 수작을 부릴 수 있다는 것.

'마이클이 없었다면 난 저 문도 못 넘을 거야. 지금인들 밝힌다고 옳게 받아들일까? 무척 치욕적이야. 이제는 나도 그냥은 못 넘어가겠어.'

불이 타올랐다.

그래서 더 조용할 것이다.

내 앨범이 제대로 된 평가를 받게 하기 위해서라도 나는 나를 감출 것이다.

하지만.

3시간 남짓한 시상식은 어느새 절정으로 향하고 있었다.

각 부문 100여 개의 시상이 끝나고 십여 편의 공연이 끝나고 제너럴 필드라 불리는 4개 본상 시상만 남겨두었다.

"이 상을 받을 때만 해도 꿈만 같았는데 벌써 1년이 흘러 제가 시상을 하러 나왔네요. 세월이 참 빠릅니다. 하하하하하."

작년 신인상 수상자인 브루스 혼즈비였다.

그가 4개 제너럴 필드 중 Best New Artist(신인상)를 시상하러 나왔다.

"먼저 후보들을 보시겠습니다."

후보가 화면에 올랐다.

모르는 사람도 있고 Guns N' Roses같이 아는 얼굴도 있고 하나같이 뮤직비디오를 틀어 주는 가운데 마지막으로 페이트가 나왔다. 5집 앨범 이미지만 떡 올라 있는.

소니 뮤직의 제안에도 뮤직비디오를 제작하지 않았으니 당연한 결과긴 한데 왠지 초라한 느낌이었다.

브루스 혼즈비가 수상자의 이름을 든 카드를 꺼냈다.

"아~ 이분이군요. 저도 무척 궁금했습니다. 도대체 어떤 분이시길래 이토록 강렬한 인상을 남겼을까요. 오늘 드디어 볼 수 있겠군요. 수상자는 페이트입니다."

우와~ 하는 박수 소리가 라디오 시티 뮤직홀을 가득 채웠다.

박수를 치면서도 궁금했던지 참석한 모든 사람이 화면에서 시선을 떼지 않았다.

카메라맨은 미리 준비했다는 듯 마이클 볼트를 집중적으로 클로즈업했고 그의 얼굴이 화면에 뜨자 모두가 제 일처럼 환호했다.

갈채 속에서 천천히 일어난 마이클 볼트는 모두가 예상했듯 시상대로는 가지 않고 뒤에 앉아 있던 동양인 꼬마에게 손을 내밀었다.

동양인 꼬마는 기꺼이 그 손을 잡았고 또 천천히 일어났다.

이 장면이 생중계되었다.

마이클 볼트는 한 손으로 시상대를 가리켰고 내가 주인공처럼 나서자 그제야 사람들은 페이트가 나라는 걸 인식했다.

"오 마이 갓!"

"언빌리버블!"

"저 아이가 페이트라고?!"

기겁하는 소리가 내 귀에까지 들린다.

하지만 이미 틀어질 대로 틀어진 난 주는 상을 받으면서도 크게 기쁘지 않았다. 무표정으로 일반적인 감사만 읊었다.

"저는 88 서울 올림픽이 열리는 대한민국에서 온 페이트입니다. 사우스 코리언 한국인입니다. 제 앨범을, 저를 좋게 봐주셔서 감사합니다."

꾸벅.

역대급으로 간단한 인사로 끝.

카메라가 나를 뒤쫓아도 시선 한 번 주지 않고 통로로 나갔고 통로를 지키는 모든 사람이 경악의 눈길로 살펴도 꿈쩍하지 않은 채 제자리로 돌아갔다.

"축하한다, 대운아. 진짜 축하한다."

"그래미라니. 난 정말 꿈을 꾸는 것 같아."

"이 같은 영광이 또 있을 수 있을까?"

조용길의 따스한 포옹을 받고서야, 우리 식구들이 축하해 주고 나서야 웃었고 겨우 마음을 추슬렀다.

이제 됐다고 생각했다.

하나라도 받았으니. 수작을 부리든 말든 이제부턴 아무런 상관이 없다고.

역대 최연소 타이틀이 아닌가. 이것만도 길이 남을 업적이 니까.

마음을 접고 시상식에 오며 당했던 치욕을 어떻게 갚아 줄 까 고민하고 있는데.

어랍쇼.

그래미 측에서도 수작을 부리기엔 물리적인 시간이 너무 부족했던지 Song of the Year(올해의 노래) 부문에서도 페이트가 후보에 올랐고 With Or Without You가 수상하고 말았다.

또 올라갔다.

"생각지도 않았는데 상을 또 주셨네요. 저는 신인상으로 만족했는데. With Or Without You를 사랑해 주서서 감사합니다. 이제 한국에 돌아가서 당당히 자랑할 거리가 생겼네요. 다 여러분들 덕분입니다. 좋은 밤 되세요."

꾸벅.

경악의 신인상 때와는 조금 다른, 여유가 묻은 박수가 나왔고 나도 조금은 더 안정된 모습으로 통로로 나갔다.

얼떨떨했다.

들러리나 세울까 걱정하고 있었는데…… 사람이 참 간사하다고 뭐라도 받으니 얼음장같이 굳었던 마음이 스르르 풀리는 게 아닌가.

괜히 그래미에 호감도 들고.

역시나 뭘 먹이는 데는 장사가 없는 모양이다.

이제 다음 순서는 Record of the Year(올해의 레코드)였다.

이 상은 크레딧을 올린 작곡·작사가를 제외한 모든 사람 즉 아티스트, 프로듀서, 엔지니어에게 주는 상이었다. 녹음, 편곡, 믹싱 등을 포함한 곡의 전체적 완성도를 따지는 상이다.

페이트의 Wind of Change가 후보로 올랐다. 같은 후보로는 작년 올해의 앨범 수상자인 폴 사이먼의 Graceland도 있었다.

팽팽한 긴장감이 펼쳐졌고 카메라는 쉴 새 없이 나와 폴 사이먼을 잡았다.

그리고,

"페이트. Wind of Change."

호명되자마자 이 생각이 제일 먼저 들었다.

뭐가 잘못된 거 아냐?

왜 또 주는 거지?

지금쯤이면 막아도 충분히 막았을 텐데.

이상했다. 지금껏 배양하고 있던 음모론이 순전히 다 내 오해였나 싶기도 하고.

이번엔 나뿐만이 아니라 조용길과 위대한 탄생, 마이클 볼트가 우르르 올라갔다.

우레와 같은 박수가 터졌고 하늘에서부터 쏟아지는 듯한 스포트라이트에 모두가 아찔해할 때 그나마 두 번 경험이 있는 내가 상패를 받고 소감을 말했다.

"왜 자꾸 주시죠?"

"……."

"……."

"……."

"……."

"……."

내 첫마디에 박수 소리가 싹 사라졌다.

축제이던 라디오 시티 뮤직홀에 순간 적막이 흘렀다.

다들 어리둥절.

웃음기도 사라지고.

뭐 이따위 소감이 다 있냐는 표정들이 나왔는데.

나는 그 사람들 하나하나를 다 눈으로 담았다.

"상을 주셔서 참으로 감사하긴 한데, 이제 두려워져요. 내일 일어나면 이 모든 게 꿈이 아닐까 하고요. 꿈이라면 썩 물러가고요. 꿈이 아니라면 부탁인데 제발 꿈이 아니라고 말해 주세요. 내일 아침 일어나서도 이 상패가 제 손에 있을 거라고 소리쳐 주세요."

화악.

그 순간 무언가 엄청난 것이 전면에서 뿜어져 나왔다.

"꿈이 아니야!"

"현실이야!"

"휘이이익!"

"다 너의 영광이야!"

"그 상패는 네 손에 있을 거라고!"

"페이트 사랑해!"

"페이트 최고!"

어마어마한 기운의 물결이 쏟아졌다. 어찌나 센지 눈에 선할 정도.

"페이트!"

"페이트!"

"페이트!"

"페이트!"

누가 시작했는지 연호도 튀어나왔다. 하나둘 기립하더니 전체가 일어서서 박수를 쳐 줬다.

누가 버티지 못하고 내 팔을 잡았다. 조용길이었다.

이 나조차도 물린 어금니를 참지 못하는데 누군들 이 자리에서 침착할 수 있을까.

"감사합니다. 꿈이 아니라고 해 주셔서. 이 모든 영광을 여러분께 돌립니다. 오늘 밤은 여러분이 주인공이시고 제 진심을 담은 사랑을 여러분께 전해 드리고 싶어졌어요. 감사합니다. 갓 블레스 유!"

꾸벅꾸벅꾸벅.

수십 번 인사한 것 같았다.

통로로 나갔고 대기하던 스태프들도 이번엔 진심 어린 박수를 쳐 줬다.

정신이 없었다.

제자리에 갔는데도 떨림이 멈추지 않았다.

뭔가 인정받은 느낌이 들고 가슴 뿌듯해지는 충만감이 온몸에 감돌았다.

카메라는 계속 나를 찍었고 '페이트!'란 연호는 내가 무대에서 사라졌다 돌아왔음에도 쉬지 않고 계속됐다. 결국 다시 일어섰고 두 팔을 번쩍 올려 화답했다.

마이클 볼트는 그런 나를 들어 어깨에 올렸고 시상식이 잠시 중단될 정도로 더 큰 환호가 터졌다.

호스트의 만류가 아니었다면, 몇 시간이고 계속됐을 만큼 그들의 환대는 깊고 질겼다.

"자, 이제. 오늘 밤의 하이라이트 Album of the Year(올해의 앨범) 시상만 남겨 두고 있습니다. 그래미 참가 신청 총 2만 3,872개의 앨범 중 Best of Best를 뽑는 순간입니다. 올해를 빛낸 단 하나의 앨범만을 위한 시간을 남겨 두고 있는데. 여러분은 어떠신가요? 여러분의 예상대로 혜성같이 등장한 누군가에게 이 영광이 갈까요? 아님, 다른 경쟁자에게 갈까요? 시상으로는 작년 수상자인 폴 사이먼과 그래미 최고 심사위원인 요난 시드기야 씨가 맡아 주시겠습니다."

폴 사이먼이 백발의 노인장과 함께 나왔다.

긴장감이 절로 높아졌다.

나도 세 개를 받고 나니 슬슬 욕심이 생겼고 이제껏 비할 데 없는 집중도로 그들을 쳐다봤다.

"Album of the Year는 그래미에서 가장 권위 있는 시상 부문이며, 87년을 정리하는 뜻깊은 상인 만큼 저희도 최선을 다해 임했습니다. 다시 말씀드리지만, 세계인의 기쁨과 위로를 위해 달려 주신 아티스트들 전부가 이 상의 후보임이 틀림없으며 저희 1만 3천에 달하는 NARAS 회원 전부가 몇 달 전부터 이 일에 매달려 공정하고도……. 자, 이제 후보부터 보시죠."

첫 번째 후보로 U2의 The Joshua Tree가 나왔다.

I Still Haven't Found What I'm Looking For와 With Or Without You를 스틸해 갔음에도 1,800만 장 판매로 후보에 오른 것.

할 말이 없는 역량이었다.

다음으로는 Def Leppard의 Hysteria였다. 2,000만 장이나 팔린 데프 레퍼드 사상 역대급 앨범.

그다음은 Whitney Houston의 Whitney였다. 이 앨범도 2,000만 장이나 팔렸다. 그러나 나는 잘 모르는 앨범이었다.

다름으로 Guns N' Roses의 Appetite for Destruction가 나왔다. 이 앨범도 2,100만 장이나 팔렸다.

Guns N' Roses를 보자마자 내 머릿속에 처음으로 든 생각은 '내가 어째서 Sweet Child o' Mine을 챙기지 않았을까'였다.

중2병도 아니고.

U2의 것은 가져왔으면서 Guns N' Roses는 한창 데뷔 앨범 작업 중이라 괜히 찬물을 끼얹기 싫어서라고 놔둔 모순이 이 중요한 순간 내 발목을 잡았다.

혹시나 Guns N' Roses에게 Album of the Year를 빼앗기게 된다면 어떤 느낌이 들까?

가히 천추의 한이 되지 않을까?

뜨거운 교훈이었다.

밟으려면 다시는 고개 들지 못하게 밟아야 함을.

나는 조그마한 성공에 취해 그걸 간과하였다.

"……."

마지막으로 나온 건 페이트 frontier였다.

북미에서만 1,500만 장. 지금도 꾸준히 판매량이 느는 앨범으로 올해부터 세계 판매(한국 제외)를 개시했으니 그 파괴력은 아무도 알지 못했다. 다만, 87년에 한한 판매 집계로는 페이트가 제일 적었다.

그 순간 의도인지 우연인지 그래미 최고 심사위원인 요난 시드기야와 눈이 마주쳤다. 결코 달갑지 않은 눈빛.

직감했다.

Album of the Year은 원역사대로 U2에게 갈 거라고.

폴 사이먼이 카드를 개봉했다.

두두두두두둥.

긴장감을 드높이는 드럼 소리가 라디오 시티 뮤지홀을 울렸다.

요난 시드기야는 길게 끌지 않았다.

카드를 보고 바로 읽었다.

"올해의 앨범은…… 페이트. frontier입니다. 축하합니다."

시상식에 참가한 모두가 벌떡 일어났다.

그래미 어워드를 보는, 생중계되는 CBS 방송 앞에 앉은 모든 사람의 시선이 나에게 꽂혔다. 폭죽이 터지고 꽃비가 내리고 호스트가 자꾸 뭐라고 설명하는데.

지이이이잉.

이명이 울렸다.

마이클 볼트가, 조용길이, 주변 모두가 나에게 무슨 말인가 하고는 있는데.

하나도 들리지 않았다.

어리둥절.

그때 누가 나를 번쩍 들어 목마를 태웠다.

마이클 볼트였다.

그가 나를 이끌고 시상대로 향했다.

주변 모두가, 백인이든, 흑인이든, 히스패닉이든 감격한 얼굴로 나를 쳐다봤다. 그 표정들, 눈빛들이 사진에 찍히듯 뇌리에 박혔다.

이상했다.

열등감에 쩐 동양인 꼬마에 불과한 나를 좋아해 주고 있었다. 이 상은 기꺼이 너의 것이라고 말해 주고 있었다.

얼떨떨한 가운데 태생부터 근엄하게 태어났을 법한 할아버지가 내 손에 상을 쥐여 준다. 나를 품에 안고 '축하한다' 말해 줬다. 나를 고깝게 본 게 아니었던가?

혼란스러웠다.

시상을 마친 두 사람은 나가 버렸고 내 주위엔 마이클 볼트만 있었다.

'왜?'

자리를 보니 우리 식구들은 올라오지도 않았다. Album of the Year는 앨범에 참여한 모든 사람에게 주는 상인데.

겨우 입을 떼 그들에게 말했다.

"거기에서 뭐 하세요? 어째서 거기에 앉아만 계세요? 이 상은 저만을 위한 상이 아니잖아요. 어서 올라오세요. 같이 만들었으니 저와 함께하셔야죠."

나의 부름에 호응한 건 의외로 다른 아티스트들이었다.

그들이 나서서 황송해하는 우리 식구들을 챙겼고 올려 보냈다.

나는 내 식구들을 한 명씩 다 소개했다.

"이분은 대한민국 최고의 가수인 조용길이라는 분이십니다. 제가 음악의 길로 갈 수 있게 길을 터 주시고 전폭적으로 지지해 주신 분이시죠. 이분이 없었다면 아마도 전 다른 길을 걷고 있었을 겁니다. JYG란 닉네임으로 1집부터 쭉 함께 활동하셨으며 frontier에서는 Endless Rain과 Tears를 부른 분이십니다."

사람들의 환호가 조용길에게 쏟아졌다.

조용길은 감격을 감추지 못하고 눈시울을 적셨고 격하게 자기 마음을 표현했다.

다음은 위대한 탄생이었다.

"지금까지 발매된 페이트의 모든 앨범이 다 이분들 손에서 탄생했습니다. 제가 입으로 불러 드린 노래를 음악으로 승화시켜 주신 분들이시죠. 위대한 탄생입니다. 기타의 박청기, 베이스의 송홍석, 드럼의 사무엘 오카무토, 피아노의 이호진, 키보드의 유상운. 이 밖에도 식스맨들 김종신, 임동식, 전태간, 김정원 등등에게도 감사를 표합니다."

박수가 쏟아졌다.

위대한 탄생도 모든 기쁨을 담아 인사했다.

다음은 김연과 지군레코드 사장이었다.

"이분은 김연이라고 합니다. 제 음악적 동지이자 저의 분신과도 같으신 분. 이분으로 인해 페이트 앨범의 완성도가 지금에 이르렀다고 봐도 과언이 아닙니다. 능력을 충분히 인정받아 마땅한 분이십니다. 그리고 이분은 대한민국 최고의 레코드사인 지군레코드의 대표 김정수라고 합니다. 페이트 앨범이 바로 이분 손에서 만들어집니다. 페이트를 위해 기꺼이 수십만 달러를 투자해 녹음 장비를 들이고 엔지니어를 육성시키신 분이시죠. 페이트의 시작을 함께하신 분입니다."

김연과 지군레코드 사장이 감격스러운 표정으로 인사하고.

이번엔 정홍식과 이학주를 가리켰다.

"이분은 정홍식이라고 페이트 앨범이 안정적으로 발매될 수 있도록 바깥에서 물심양면으로 지원해 주시는 분입니다. 이분 덕에 세계의 동향과 흐름을 캐치할 수 있었죠. 그리고 이분은 이학주라고 페이트 앨범이 나오기까지 주춧돌을 쌓으신 분이십니다. 이분이 없었다면 매끄러운 진행은 꿈도 꿀 수 없었고 아직도 허덕이고 있었을 겁니다."

박수갈채가 이어졌다.

마지막으로 마이클 볼트를 가리켰다.

"제 친구 겸 제가 최고로 아끼는 아티스트 겸 작곡가인 마이클 볼트입니다. MB란 닉네임으로 3집부터 참여했고 frontier에서는 Always를 부른 사람입니다. 멋진 소울을 가진 친구로 머지않아 직접 여러분께 찾아갈 겁니다."

황금빛 축음기가 빛에 반사돼 눈을 어지럽혔다.

정신없는 가운데 그래도 얼추 소개를 다 마치고 겨우 숨을 몰아쉬는데.

호스트가 갑자기 끼어들었다.

"하나만 물어봐도 될까요?"

"……?"

"누가 봐도 많이 어려 보이는데 페이트는 나이가 어떻게
되나요? 시청하시는 모든 분이 지금쯤 궁금해하실 것 같아서
묻는 겁니다."

질문은 호스트가 했으나.

호스트를 보지 않고 관객석을 보았다.

"여러분은 제 나이가 궁금하신가요?"

"""""예~~.""""""

웃었다.

"꺄악!"

"귀여워."

"꺄아악!"

뾰족한 비명이 귀를 아프게 했다.

그저 웃었을 뿐인데.

내 매력이 이 정도였나?

호의도 이렇게 압도적일 수 있음을 처음 알았다.

"으음, 가르쳐 드리는 건 어렵진 않아요. KGB가 노릴 만큼
일급비밀도 아닌지라."

여기저기에서 웃음이 터졌다. 냉전 유머는 역시 미국.

이러다 왕이 된 것 같은 착각 속에 사는 건 아닌지.

"제가 올해 국민학교 5학년에 올라가거든요. 한국 나이로는 12살. 아직 생일이 안 지났으니까 이곳 미국 나이로는 10살이네요."

"왓?!"

"오 마이 갓!"

"텐 이얼스 올드?!"

"언~ 빌리버블."

"와우! 몬스터."

경악이 터졌다.

그러든 말든

조용히 내 얘기를 시작했다.

"금방 아실 것 같으니 미리 제 이야기를 해 드릴게요. 제가 태어난 대한민국은 중국과 일본 사이에 있는 분단된 나라예요. 올해 88 서울 올림픽이 열리는 곳이죠. 우리 부모님은 제가 일곱 살 때 이혼하셨어요. 그래서 전 할머니와 살아요. 할머니 손에서 자랐죠."

깜짝 놀란다.

이런 얘기까지 들을 줄은 몰랐다는 것처럼.

자기 입을 막고 어떻게 표현해야 할지 모르겠다는 얼굴들을 보며 말을 이었다.

"하지만 전 괜찮아요. 보세요. 제 옆에 어떤 분들이 계신

지. 이분들이 제 보호자이고 삼촌이고 친구예요. 이분들 덕에 저는 충분히 행복하게 살고 있어요. 그래도 혹여나 마음이 걸리신다면 더욱 환영해 주세요. 여러분의 환영을 받으니 몰랐던 아픔마저 다 치유되는 느낌이에요. 진심입니다."

내 말에 호응하듯 사람들이 일어났다.

일어나서 응원하겠다며 두 손을 내밀었고 힘껏 박수를 쳐줬다.

나를 대견하게 바라봐 주는 눈길들을 하나하나 마주하였다. 나도 또한 역경을 딛고 일어선 남자의 얼굴로 정면을 바라봤다.

"할머니. 보세요. 저 이렇게 환영받고 있어요. 할머니 손주가 이렇게나 사랑받고 있어요. 그러니 걱정하지 마세요. 할머니 손주는 지금 행복하니까요. 여러분 감사합니다. 다 여러분들 덕분입니다. 여러분들의 가정에도 진한 축복의 은혜가 내렸으면 좋겠어요. 제가 느끼는 감사만큼 아주 큰 행복이요."

할 말이 끝난 것 같아 꾸벅 인사하고 들어가려 했다. 얘기를 질질 끄는 것만큼 지루한 것은 없었고 나는 교장 선생님 체질은 아니었으니.

하지만 호스트는 나를 놔주지 않았다.

직접 옆으로 걸어와서는 말을 걸었고 확실히 우리나라 시상식과는 분위기가 달랐다.

"감격스러운 소감입니다. 제가 다 눈물이 핑 돌 정도인데요, 하지만 여러분은 잊어선 안 됩니다. 여기 있는 페이트가 지금 역사에도 없는 엄청난 일을 해낸 걸요. 페이트, 당신은 지금 1981년 크리스토퍼 크로스 이후 최초의 제너럴 4개 부문 수상자라는 걸 아시나요?"

"……그런가요?"

다 받긴 했다.

"그리고 그래미 어워드 역대 최연소 수상자라는 것도요."

"……그렇군요."

"이 기록은 앞으로 절대 깨어지지 않을 것 같다는 예측을 조심스럽게 해 보는데요. 소감이 어떠세요?"

"소감이라면…… 무척 놀라워요. 전혀 상상해 보지 않은 일이고 꿈꿔 보지도 않았던 일이에요. 그렇게 생각하니 무척 두렵네요. 이곳에 오며 정말 아찔한 순간을 많이 지나쳤거든요. 하마터면 이런 영광을, 이렇게도 환영해 주시는 여러분을 못 뵐 뻔했거든요."

"예? 그게 무슨 말씀이세요? 사고……는 아닐 테고. 아! 한국에서 오기에 너무 멀어서였던가요?"

멀어서라.

미국이 아주 멀긴 했다.

"그것도 있긴 하네요. 진짜 멀었으니까요. 하지만 물리적 거리보다 마음의 거리가 훨씬 더 멀었던 것 같아요."

"마음의 거리요?"

"NARAS가 마련해 준 호텔에서 라디오 시티 뮤직홀까지 정말 멀었어요."

"아아……. 저는 잘 못 알아듣겠습니다. 혹시 어떤 일이 있었던가요?"

"로비에 찾아오신 여기 스태프분이 우리 일행이 많은 걸 보고 짜증스럽게 노려보더라고요."

"왓?!"

호스트의 표정이 확 일그러졌다.

"뮤직홀에 도착해서도 쉽진 않았어요. 입구에서는 못 들어오게 막으시더라고요. 초청장을 보여 줘도 밀어냈어요. 너는 못 들어온다고. 그래서 할 수 없이 집으로 돌아갈 뻔했거든요. 제 친구 마이클이 화내며 싸우지 않았다면 아마도 그랬을 것 같아요. 저는 그때 미국이 절 싫어하는 줄 알았어요. 불러 놓고 들어오지도 못하게 했으니까요. 하지만 이젠 괜찮아요. 이 자리에 섰고 이렇게 환영해 주시고 박수 쳐 주셨잖아요. 싫어한 게 아닌 걸 알았으니까요."

"……."

"……."

"……."

"……."

"……."

"……."

"……."

"……."

"……."

"……."

시상식장이 한순간에 싸늘해졌다.

어떻게 이런 일이 있을 수 있냐며 사람들이 서로의 얼굴을 보며 화를 냈고 호스트 또한 기함을 토하며 한국에서 온 소년이 느꼈을 참담함에 대해 덧붙였다. 이것이 모두 생중계됐다.

미국이 불타올랐다.

태생부터 마초의 나라인 미국은 그래서 더 여자와 아이에 관한 범죄에 대해서는 알러지 반응을 일으킬 만큼 금기시하였다. 한낱 영화에서조차 여자와 아이를 살리다 건장한 남성들이 허다하게 죽어 나가는 판인데.

게다가 나는 평범한 아이가 아닌 그래미 어워드 역대 최연소 수상자였다. 그것도 제너럴 필드 4개 부문과 각 장르에서도 다섯 개나 상을 휩쓴 괴물.

내 순진한 얼굴이 오래 비춰질수록 파급력은 상상 이상으로 커져 갔다.

물론 이런다고 NARAS의 최상위가 꿈쩍이나 하겠냐마는 적어도 중간 관리자들은 남아나지 않을 거라는 확신은 들었다.

"페이트, 미안해요. 그래미를 대신해, 우리 미국을 대신해서 내가 사과하고 싶은데 받아 줄래요?"

호스트가 너무나 괴로운 표정으로 물어 왔다.

나는 슬며시 그의 손을 잡았다.

"우리 할머니가 그러셨어요. 누군가 잘못을 했는데 그가 진심으로 뉘우치고 사과한다면 용서해 주어라, 하고요. 저도 용서해 드릴게요."

"오우, 페이트. 미안해요. 한 번 안아 봐도 될까요?"

"그럼요. 전 당신을 환영합니다."

위로하던 호스트가 오히려 내게 안기자 시상식장은 다시 들끓어 올랐다.

페이트를 외쳤고 그래미를 규탄했다. 여기저기에서 눈물을 흘리는 이들이 나왔다.

나도 이 정도면 만족했다.

얻을 것도 다 얻었고 내일 바로 사회 문제가 될 만한 폭탄도 떨어뜨렸다. 적당히 낄 데 끼고 빠질 때 빠지다가 한국으로 돌아가야지 생각하고 있는데.

수다쟁이 호스트가 진짜 마지막이라며 질문을 하였다.

"저기, 페이트. 저도 페이트 팬이라서 그런데. 개인적으로 진짜 물어보고 싶은 것이 있어요. 혹시 물어봐도 돼요?"

"……물어보세요."

"제가 궁금한 건 이거예요. 페이트 1집. 1집이 83년 7월에 발매되지 않았나요? 지금 열 살이니 83년이면 다섯 살 아니면 최대한으로 잡아도 여섯 살이잖아요."

"그렇죠. 미국 나이로 여섯 살이었어요."

이 순간 호스트가 무슨 말을 하려는지 깨달은 사람들이 그래미를 규탄하던 자신의 입을 막고 대화에 집중해 들었다.

당장 열 살이라는 나이도 경악할 수준인데.

페이트 1집을 여섯 살에 발매한 것이다.

호스트가 관객석을 바라보며 힘주어 말했다.

"이미 아시는 분은 아시겠지만 전 페이트 전집을 모두 구매했어요. 단언컨대 페이트 1집의 퀄리티도 Album of the Year를 받은 5집에 뒤지지 않습니다."

"오 마이 갓!"

"임파서블!"

"여섯 살이라니!"

"나도 집에 페이트 1집이 있어……."

"어떻게 이런 일이……."

난리가 났다.

호스트는 그제야 진짜 자기가 물어보고픈 말을 꺼냈다.

"페이트, 페이트는 도대체 어떻게 이런 곡들을 창작해 낼 수 있었죠?"

"아……."

나도 당혹스러웠다.

한 번도 생각해 보지 않은 문제였다. 그리고 간단한 농담으로는 절대 지나칠 수 없는 질문이기도 했고.

그런데 어떻게 해야 하나 망설일 새도 없이 내 입에선 벌써 이런 말이 튀어 나갔다.

"제가 창작한 거 아니에요."

"예?!"

호스트는 물론 나를 보는 모든 사람이 깜짝 놀랐다. 심지어 내 곁에 있던 식구들까지.

나도 놀랐다.

말 때문이 아니고 말을 내뱉는 순간 찌릿하고 어떤 영상이 떠올랐기 때문이었다.

모르겠다.

그 영상을 보는 순간 질문의 답을 알 것 같았다.

"제가 창작한 게 아니에요. 제가 창작한 게 아니라고 말하는 게 옳아요."

"그게 무슨 말이죠? 페이트 앨범이 페이트가 창작한 게 아니라뇨?"

"예, 맞아요. 제가 창작한 게 아니에요."

웅성웅성.

충격이 큰지 아까 싸늘할 때보다도 훨씬 더 사람들이 기겁했다.

호스트도 마찬가지였다. 흥분해 대들 듯 물어댔다.

"이게 무슨 말입니까. 앨범을 직접 창작하지 않았다니. 그럼 이 모든 게 가짜라는 얘깁니까?!"

"가짜는 아니에요."

"예?"

"페이트 앨범에 수록된 곡은 모두 진짜예요."

"아니, 도대체 그게 무슨……."

대답 대신 모두가 보는 쪽으로 손을 내밀었다.

진지하게.

"부탁인데. 여기 제 손을 봐주실 수 있나요?"

무엇을 쥐고 있는 듯 나의 시선 또한 내 손을 향했다.

카메라는 저절로 내 손과 내 표정을 클로즈업했다.

"다른 건 보지 마시고 그저 이 손에 민들레 꽃씨가 있다고
상상해 보세요. 솜사탕처럼 가볍기 그지없는 그것이 지금 제
손에서 살랑살랑거리고 있어요. 예쁘죠? ……어! 저쪽에서
실바람이 불어오네요. 제 손에 있던 꽃씨가 실바람을 타고 하
늘로 날아올라요."

내 시선이 허공을 향했다.

"여러분은 바람을 탄 꽃씨가 어디로 떨어질지 아시나요?"

"……."

"……."

"……."

"……."

"……."

"……."

조용했다. 모두 내가 무슨 말을 하는지 귀 기울이고 내 시선과 동작에 집중했다.

"어쩌면 여러분이야말로 제 마음을 가장 잘 이해하실 수도 있겠네요. 저는 꽃씨가 어디로 떨어질지 몰라요. 혹여나 여러분은 민들레 꽃씨가 어디로 떨어질지 아시나요? 꽃씨 중에는 대서양을 건너는 녀석들도 있다던데…… 맞아요. 많은 아티스트들이 위대한 작품 이면에는 그에 걸맞은 영감이 있다고들 하시죠. 여러분은 제게 어떻게 이런 곡들을 쓸 수 있었냐고 물으셨나요?"

"……."

"……."

"……."

"……."

"……."

"저도 몰라요. 그저 꽃씨가 떨어진 곳에 제가 있었을 뿐. 그래서 그 곡들을 제가 쓰지 않았다 말씀드린 거예요. 정말 아쉽게도 더는 설명하기 어려워요. 제 의지로 되는 것이 아니라서요."

"아……"

"오오~."

"오 마이 갓!"

"지저스 크라이스트!"

"페이트의 말이 옳아요!"

"어쩜, 이토록 시적일 수 있을까."

"He's right."

공감하는지 많은 이가 고개를 끄덕였다. 입을 벌리며 감탄하는 이들도 있었다.

하지만 이것이 끝은 아니었다.

"그러나 단지 이렇게 마무리하는 것도 애매하긴 해요. 질문 주신 분에 대한 예의도 아니고요. 꼭 우리끼리만 아는 리그 같잖아요. 영감은 절대로 소수가 가진 특별함이 아니에요. 전부를 지향하죠. 그래서 전 이걸 나름대로 이렇게 표현해요. 부족하지만 이렇게라도 말씀드려도 될까요?"

"예, 말씀해 주세요. 페이트는 그럼 이걸 무엇이라고 부르나요?"

호스트가 간절한 표정으로 물었다.

나는 몸을 돌려 관객석을 바라보았다.

"Gift(기프트). 선물이라고 불러요."

"선물. 아…….."

"본디 누구의 것도 아니지만, 선물 받았으니까 제 것은 될 수 있겠죠. 안 그렇나요?"

환히 웃어 줬다.

엄청난 반향이 일었다.

천재 소년 페이트의 등장.

제30회 그래미 어워드에서 처음 나타난 소년에 미국 사회
가 뒤흔들렸다.

시상식 내내 무표정이었던 이유가, 수상하면서도 무뚝뚝
했던 이유가, 이후 나온 답변과 오버랩되며 상당한 충격으로
번져 나갔고 이에 대한 책임 소재를 두고 뜨거운 공방전이 오
갔다.

하지만 그것보다 더 이슈된 건 소년 페이트의 가정사와 겸
손한 자세, 기프트에 대한 의미였다.

어떻게 저 나이에 저런 말을 할 수 있을까?

저런 감성이기에 이토록 놀라운 곡을 쓸 수 있는 게 아닐까?

자고 일어났더니 스타가 돼 있었다.

군중이라고 표현해도 될 만큼의 사람들이 호텔 앞으로 모여들었고 자기 마음을 담은 꽃을, 어디에서 구했는지 모를 민들레를 호텔 앞에 두기 시작했다.

호텔은 금세 민들레 꽃밭이 되었고 '미국은 페이트를 환영한다', '사과할게. 페이트', '우린 페이트를 사랑해'가 적힌 피켓들이 가득 찼다.

이들에게 제너럴 4개 부문 수상과 역대 최연소라는 타이틀은 전혀 중요하지 않았다. 하마터면 미국이 큰 실수를 저지를 뻔했다는 것에 가슴을 쓸어내리고 이런 일을 일어나게 만든 자들에 대한 분노를 터트렸다.

그 마음이 너무 절절해 잠시라도 나가 호응해 주고 싶었지만.

잡힌 일정이 너무 빡빡했다.

언론과의 인터뷰만 하루가 꽉 찼다. 5분, 10분 단위로 끊어 감에도 무엇이 이렇게도 많은지. 저녁에는 마이클 잭슨이 주최한 파티에 참석해야 하고 이러다 몸살 날 것 같았던 나는 오후 인터뷰를 통합으로 변경했고 기자들을 한자리에 모았다.

"먼저 축하드리겠습니다. 그래미 역사에서도 한 획을 그을 만큼 엄청난 업적을 이루셨습니다. 지금 심정이 어떠십니까?"

"민들레 꽃씨에 비유한 수상 소감은 참으로 감명 깊게 들

었습니다. 제 사견이긴 하지만 나이를 뛰어넘는 명철(明哲)
이 느껴집니다. 앞으로 어떤 계획을 갖고 계시는지 물어도 될
까요?"

"역대 최고의 그래미 어워드였습니다. 본상 외 다섯 개 부
문을 휩쓸었는데, 이 일에 대해서는 어떻게 생각하십니까?"

"페이트 1집부터 6집까지 꾸준히 발매하셨는데 7집도 나
오는 겁니까? 나온다면 언제쯤으로 계획하고 계십니까?"

대체로 상식적이고 예의를 갖춘 질문이 많았으나.

"부모님이 이혼했다고 하셨는데 구체적으로 어떤 느낌이
들었나요?"

"차별을 받았다고 하셨는데 그때 분노를 느꼈나요?"

"미국이 싫어한다는 인상을 받았다고 했는데 상을 받은 다
음은 어떻습니까? 그 마음이 완전히 없어진 겁니까?"

"그래미 어워드에서 그래미의 행태를 꼬집었어요. 지금 한
창 논란 중인데 이에 대한 걱정은 없으십니까?"

등신 같은 질문들도 있었다.

물론 대답하지 않거나 무시로 일관했다.

'다음'을 말하는 순간 등신 질문을 한 기자는 발언권을 잃
고 다음 기자에게 넘어가는 방식이라 컷이 수월했다.

그러던 중 아주 미묘한 질문을 받았다.

"제2의 존 레논이라는 평가를 받고 있어요. 동시에 카피 의
혹도 불거지고 있고요. 이에 대해 어떻게 생각하십니까?"

처음엔 이도 무시하려 했으나 언뜻 떠오르는 예감이 그냥 넘어가선 안 됨을 가리켰다.

그 기자를 봤다.

"제2의 존 레논이라는 평가는 오늘 처음 듣는 건데 어디에서 나온 말인가요?"

"수상 후 여러 곳에서 나오는 말입니다."

"그러니까요. 구체적으로 어디에서 나온 거죠?"

"……기자들 사이에서도 도는 얘기입니다."

"누군가가 대놓고 한 말은 아니라는 거네요."

"그건……."

"물론 상관은 없어요. 오히려 영광스럽죠. 제가 존경하는 분이시니까요. 특히나 이매진은 불후의 명곡이죠. 렛잇비나 헤이 쥬드 같은 비틀즈의 명곡들도 저는 참으로 좋아합니다."

"……."

말하면서도 나는 그 기자에게 시선을 떼지 않았다.

"존 레논에 대한 얘기는 여기에서 일단락지어도 될까요? 이번엔 카피인데. 카피에 대해서도 처음 듣는 얘기예요. 이 것도 설마 기자님들 사이에서 떠도는 얘기인가요?"

"그건……."

나는 그가 답하길 기다리지 않고 다른 기자들에게 물어봤다.

"혹시 여기에서 카피에 대한 의혹을 들어 보신 분 있으신가요?"

"……."

"……."

"……."

"……."

아무도 없었다.

질문한 기자를 다시 쳐다보았다.

눈이 마주치자마자 고개를 숙인다.

어그로를 끌려고 덤빈 것 같은데 이런 문제는 그럴수록 더 강하게 나가야 했다.

"뭘 부끄러워하세요? 옳은 질문을 하셨는데."

"예?!"

"카피 맞아요. 완전 카피죠."

"……?"

"……!"

"……?"

"……!"

이게 무슨 소리냐는 표정과 이건 또 뭐야?! 라는 표정이 기자들 사이에서 뒤섞여 나왔다.

나도 당연하다는 듯 답했다.

"그게…… 시상식에서 분명 영감에 대해 말씀하시지 않으셨습니까?"

다른 기자였다.

"예, 그것도 말했죠."

"그런데 어째서……."

손을 들어 기자들의 말을 막았다.

"이 일은 기본적으로 그럴 수밖에 없는 일이잖아요. 전 한국인이고 페이트의 음악은 한국 음악이 아니에요."

이건 또 무슨 얘기냐는 표정들이 나왔다.

"한국의 전통 음악은 이렇지 않거든요. 문묘제례악, 대취타, 사물놀이, 민요, 판소리, 가야금산조 같은 곡들은 칠음계가 아닌 오음계를 따르죠. 그 시절에는 그것이 한국의 대중음악이었지만 지금은 서양음악이 한국의 대중음악이 됐죠. 제가 아무리 잘한다 한들 카피에서 벗어날 수 없는 이유가 여기에 있어요."

"아아……."

"허어……."

"아……."

"세상에 이게 이렇게 되는 거였어?"

"역시 페이트."

알아들은 기자들 사이에서 감탄이 터져 나왔다.

"그런 면에서 서양은 자부심을 가져도 되죠. 현대 대중음악의 종주잖아요. 동양은 어떻게 해도 서양음악의 복제일 수밖에 없고요. 그런데 여기에서 문제점은 마냥 복제이냐는 건데요. 무언가 만들어 내기 위해 처음 시작하는 것이 흉내 내

기부터란 것을 여러분이 인정하신다면 조금은 부드러운 시선으로 동양을 봐주실 수 있지 않을까요? 설사 성에 차지 않아도 종주로서 넓은 아량으로요."

"……."

"……."

"……."

"……."

조용했다.

적느라 정신없었고 내 말을 음미하느라 눈을 감는 기자도 있었다.

"제가 바라는 건 서양이 대중음악의 종주로서 가진 베네핏을 권력화하지 않고 그 범위를 대폭 넓혀 대중이, 세계인이, 어떤 음악이라도 만들 수 있는 권리와 또 어떤 음악이라도 향유할 수 있는 권리가 있음을 넓은 가슴으로 인정해 주시는 거예요. 그렇게만 된다면 우리의 삶이 조금쯤은 더 빨리 윤택해지지 않을까요? 문화는 서로 교류하는 것이니까요. 전 그렇게 믿는데. 아닌가요?"

끄덕이는 그들을 향해 씨익 웃었다.

앞에 놓인 트로피를 흔들어 보였다.

"비록 카피라지만 이 정도면 카피도 해 볼 만하지 않나요? 헤헤."

◇ ◆ ◇

"언제 온다 카드노?"

"엄청 바쁘답니다. 마이클 잭슨 초청을 받아 파티 참석도 했고요. 롤링 스톤스와 본 조비 등과도 교류를 쌓고 있다고 합니다."

"긋나? 거 자슥이, 잘나가네."

"아무렴요. 역대 최연소 그래미 수상자에 미국 전역을 울린 수상 소감자인데요. 지금 미국은 페이트 열풍입니다."

청와대였다.

노태운과 이제는 비서실장으로 오른 신 비서가 대화하고 있었다.

"내도 놀랍긴 하더라. 어떻게 그런 말을 다 할 수 있노?"

"그래서 더 미국이 놀란 것도 있을 겁니다. 능력을 아는 데도 소름이 다 끼쳤는데 그들은 얼마나 충격이었겠습니까?"

"허어~참, 우짜다가 그런 놈을 알았는지."

"예."

신 비서의 공감에 고개를 끄덕이던 노태운이 피식 웃었다.

"그래도 이번에 논란된 그거 차별 있잖아. 대운이가 의도한 거 맞제? 조용히 넘어갈 수 있었던 건데도 굳이 꺼낸 거 보니까 내는 그런 것 같던데."

"제 판단에도 성격상, 아무래도 그런 것 같습니다."

"상이란 상은 다 싹쓸이해 놓고 빅엿까지 먹이고. 아주 웃기는 놈이로세."

"그게 대운 군의 무서운 점 아니겠습니까. 능력 불문, 어린 나이를 충분히 활용할 줄 알죠."

"에효, 그 쉐끼 능력은 두말하면 잔소리지. 내도 대통령으로 만들었는데. 안 긋나?"

좋다가 또 조금은 복잡한 표정으로 차를 입을 대는 노태운이었다.

신 비서가 잠시 기다리자 완전히 넘긴 후 말을 이었다.

"그래서 언제 온다 카는데?"

"최소 열흘은 더 있어야 할 겁니다. 모레 백악관 초청도 있으니까요."

"레이건도 만나러 가나?"

"아무래도 상징적이지 않겠습니까? 다시 또 나타날까 의문인 업적과 더불어 미국 사회에서 늘 논란거리인 인종 차별의 피해자이기도 하니까요."

"흐음, 또 다른 건 없고?"

"수상자들과 합동 공연 일정도 있답니다."

"하이고야, 내는 목 빠지게 기다리고 있는데. 진짜 바쁘네."

"한번 연락을 취해 볼까요?"

"됐다. 가가 안 오는 것도 아이고. 그래, 전두한이는 어떠노?"

갑작스러운 화제 변환이었으나 신 비서는 어색하지 않게

핸들을 꺾었다.

"그날 가온에서 망신당한 게 언론에 알려진 후로 해코지로 일관하다가 며칠 사이 조용해졌습니다."

"대운이가 그래미 탄 후에 더 그렇겠제?"

"예, 그렇지 않아도 존재 자체로 국민이 눈살 찌푸려 하는데 대운 군이 한마디 하는 순간 어디로 튈지 모르니까요."

"미친 쉐끼가 감히 누굴 건드려. 자리에서 물러났으면 고마 집에서 수양이나 하고 살지. 국가 원로 자문 회의 같은 거나 처만들고. 뒈질라고."

"……."

"잘 지켜보래이. 허튼짓 못 하게."

"예."

신 비서가 고개를 숙이자 만족한 노태운은 다시 찻잔을 들었다.

한 모금 음미하다가 멈칫,

"근데 신 비서야."

"예."

"뭐 해 줄 거 없나?"

"예?"

"국위 선양 안 했나."

"맞습니다. 대운 군의 수상 소감을 미국 언론이 계속 다루면서 우리나라에 대한 관심이 엄청 높아졌습니다."

"그체? 내 보기엔 올림픽보다 우리나라를 더 알린 것 같던데."

"그건……."

신 비서가 말을 멈추자 노태운은 손을 휘저었다.

"우리 사이에 몬 할 말이 뭐 있노? 올림픽이야 관계된 놈들만 관심 있지 대중은 잘 모르는 거 아이가? 그래미랑 올림픽이랑 저울질하믄 그래미가 더 높잖아."

"일부 그런 측면이 있긴 합니다. 대운 군은 두 번이나 반복해서 대한민국과 88 서울 올림픽을 언급했습니다. 덕분에 우리나라에 대한 문의가 엄청 많아졌습니다."

"이것도 의도 맞제?"

"……맞는 것 같습니다."

"그러니까 조국이 뭐라도 해 줘야 하는 게 맞다 아이가. 여태 누구도 이런 일을 해낸 적이 없잖아."

"맞습니다……."

대답은 하지만 신 비서의 반응이 시원치 않자 노태운이 어깨를 툭 쳤다.

"괜찮다. 말해 봐라. 뭐가 문젠데? 내가 니를 모르나?"

"그게…… 미리 찾아보긴 했는데. 대중음악에 대해선 규정이 없습니다. 그나마 가까운 것이 해외 유력 콩쿠르 우승인데. 이것도 연관이 없고요."

"흐음……. 많이 무시하긴 했지. 딴따라라고. 내도 대운이한테 딴따라 하지 말라 캤거든. 과학자 되라고."

"아……."

"방법이 없겠나?"

"신설하는 수밖에 없습니다."

"그라믄 신설하자. 안 그래도 군 입대와 관련해서 손볼 게 많은데. 어랍쇼. 대운이 그 쉐끼 설마 이것도 내다본 건 아니겠제?"

"사실 저도 일이 벌어지고 나서 돌이켜 보긴 했는데 좀 의심스럽긴 합니다. 그래도 대운 군이 신이 아닌 이상 이 같은 일을 모두 알 순 없을 겁니다."

"그렇제? 그 쉐끼가 원체 괴물이라야 더 말을 안 하지."

"그렇습니다."

"됐다. 이자 올 때까지 기다려 보자. 공식적으로 만날 기회가 생겼는데 안 쓸 순 없겠지. 신 비서야."

"예."

"준비 잘 해도고."

"걱정 마십시오. 제가 1에서 10까지 챙기겠습니다."

"오야오야. 수고해라."

나가도 된다는 듯한 손짓에 신 비서는 몸을 돌렸지만 이내 다시 돌아볼 수밖에 없었다.

"아차! 총선 준비는 잘 되고 있제?"

레이건을 만났다.

쇼맨십의 달인답게 만나자마자 미국식 스웩을 날리며 온 갖 미사여구를 내뱉는다. 대충 몇 마디 나눌 거라 생각했던 것과는 달리 세계정세까지 쉴 새 없이 터지는 아이스브레이킹을 겪은 후에야 겨우 그 손에서 풀려났다.

물론 레이건과 함께 수십 대의 카메라 앞에 서서 미국은 한국의 친구라고 외치는 것도 잊지 않았다. 덧붙여 나는 미국의 정신을 존중하고 이 땅에 아름답게 꽃피운 문화를 사랑하며 영원토록 같은 영광을 바라보는 동반자가 되었으면 좋겠다고 확실히 빨아 주기도 했다.

그렇게 겨우 백악관의 손아귀에서 벗어나 공연장으로 갔다.

공연이야 내가 나설 일이 아니었고 나선다 해도 피아노 몇 번 쳐 주고 손 한 번 흔들어 주면 관객들이 좋아했다.

이 정도 해 주고 나니 나도 슬슬 피곤해져 추가로 들어오는 일정은 학업을 핑계로 고사했다.

나는 한국의 국민학교 5학년생. 미국으로서도 Elementary School 5학년이다.

이같이 좋은 명분은 없었다.

환대와 감사의 인사를 전하고 미국 대통령이 보내 준 전용기를 탔다.

슈웅~ 오산 미 공군기지에 안착.

이것도 처음엔 레이건이 전용기를 내주겠다길래 에어포스

원이 나오나 했는데 예비 비행기라더라. 물론 기능은 에어포스 원과 똑같다나 뭐라나.

드디어 한국 땅을 밟았다.

밟았는데.

"후우……."

감격보다는 이제부터 진짜 전쟁이 시작되겠구나 하는 생각에 눈앞이 노래졌다.

눈 돌려 봐도 어느 것 하나 자랑스러울 게 없고 후진국 프레임에 열등감까지 쩔어 우리끼리도 손가락질하며 짓밟는 나라에 그래미가 떨어졌다.

무슨 일이 벌어질까?

폭풍이 들이닥치겠지.

이 상황을 어떻게든 헤쳐 나가야 하는데.

무조건 웃어야 했다. 돌려 까기도 안 된다. 앞으로도 계속 이 나라에서 살아가려면 좋은 모습은 필수였다.

이 악물고 앞을 가리켰다.

"출발하죠."

미리 계획해 둔 바에 의해 미군 호송 차량은 오산 기지 밖에 진을 친 기자들을 뚫고 집이 아닌 회사로 갔다.

회사도 보통 난리가 아니었다.

건물 한 면을 세로로 길게 덮은 아홉 개의 플래카드라니.

≪그래미 어워드 Album of the Year 수상을 축하드립니다.≫
≪그래미 어워드 Record of the Year 수상을 축하드립니다.≫
≪그래미 어워드 Song of the Year 수상을 축하드립니다.≫
≪그래미 어워드 Best New Artist 수상을 축하드립니다.≫
≪그래미 어워드 Best Rock Song 수상을 축하드립니다.≫
등등.

'아이고, 두야.'

이럴 줄 각오는 하고 있었으나 막상 눈앞에 닥치니 전쟁터에 들어왔음이 실감 났다.

임무를 마친 미군은 썰물처럼 철수했고 우르르 뛰어나온 직원과 가수들은 환호를 외치며 나를 반겼다.

예예, 감사합니다. 인사하는데.

그 끝에 성옥연 할머니와 함께 우리 할머니가 서 계신 게 보였다. 눈물을 흘리며 멀리서 돌아온 손주에게 손을 내밀고 있었다.

돌아보지 않고 뛰었다.

그 품에 안겼고 오랜 포옹으로 마음을 나눴다.

그래, 나에겐 할머니가 있었다.

이 품이 내 쉴 곳이다.

"경황이 없는 가운데서도 오필승 엔터테인먼트를 잘 지켜주신 도종민 실장님과 조동신 과장님 이하 지금 저와 눈이 마주친 모든 직원분, 우리 가수분들께 감사드립니다."

2층에 마련된 자리였다. 다과가 조촐하게 차려진 탁자 앞에 오필승의 전 식구가 모여 페이트의 성공을 축하하였다.

나는 그래미에서 받아 온 상패 아홉 개를 탁자에 깔았고 모두가 구경하게 해 줬다.

정은희는 이때도 센스도 좋게 흰 장갑을 준비해 함부로 만지지 못하게 했고 들어 보더라도 아주 조심하도록 매의 눈으로 지켜보았다.

서슬 퍼런 정은희라.

저럴 때는 오필승의 누구라도 당할 자가 없다.

안심한 나는 간부들만 데리고 5층으로 갔다.

주요 현안을 체크하기 위해서였는데 거기에서 깜짝 놀랄 일을 듣고야 말았다.

"그러니까 전두한이 기어코 가온에 왔다는 거네요."

"예."

"고생하셨어요. 해코지는 안 하던가요?"

절로 홍주명에게 시선이 돌아갔다.

"며칠 검은색 양복 입은 몇몇이 입구를 지키며 영업을 방해하긴 했는데 그것도 금세 사라졌습니다. 총괄님이 그래미를 수상한 이후에 말이죠."

"저와 가온의 연결성을 안다는 얘기군요."

"그렇게 보는 게 맞을 것 같습니다."

"그나저나 큰 결심 하셨어요."

"솔직히 말해 잠시 흔들리긴 했습니다. 그 덕에 제가 바라볼 분이 누군지 더욱 명확해지기도 했고요."

홍주명이 비록 편하게 말한다지만 쉬운 일이 아니라는 것쯤은 이곳에 모인 모두가 알았다.

대한민국의 80년대를 말아먹은 전 대통령의 등장과 그 앞을 막아선 호텔 CEO.

그야말로 목숨을 건 결단이었다.

"이 일은 제가 기억하겠습니다. 전두한도 곧 처리될 거예요. 그러니 더는 불안해하지 않으셔도 될 거예요."

"총괄님⋯⋯."

"건드렸으니 파멸시켜 드려야죠. 아주 철저히."

"⋯⋯."

"⋯⋯."

"⋯⋯."

"⋯⋯."

"⋯⋯."

총괄실이 순간 조용~해졌다.

갑작스러운 적막이라.

의외로 그것이 나의 정신을 환기시켰다. 내가 너무 무게 잡고 있음을.

"아이고, 나쁜 사람 얘기하다가 깊어졌네요. 다음 안건으로 넘어갈까요?"

풀려고 하자 얼른 도종민이 받았다.

"박남전 1집이 순위권에 들었습니다. 이달 말이면 변진석 1집도 대중에 선보일 것 같습니다. 김완서 3집도 작업이 들어가기 시작했는데 이번엔 김창운 작곡가가 맡기 어렵다고 했습니다. 그래서 다른 작곡가를 섭외 중입니다."

역사 속 김완서 3집은 '한잔의 추억'으로 유명한 이장이 씨가 맡는다. 신곡도 있지만 대부분 이장이 곡의 리메이크.

'나 홀로 춤을 추긴 너무 외로워'만 잠시 반짝하다가 사라지는 앨범이다.

뭐 상관없었다.

"알았어요. 그렇게 하죠."

"주현민은 9집 '신사동 그 사람'이 순항 중입니다. 임동식이 쫓아다니며 뒤를 봐주고 있습니다. 아! 유영섭이 푸른하늘로 1집 데뷔를 했습니다. 타이틀은 '겨울 바다'인데요. 기대됩니다."

이외에도 여러 가지가 지나갔다.

떠나기 전 계획이 예정대로 진행되고 있던 것.

이제부터는 내 앞날이나 걱정해야겠구나 생각하고 있었는데.

한창 보고하던 도종민이 뭔가를 떠올렸다는 듯 더 말을 꺼냈다.

"태지나라는 사람이 찾아와 '고향 여자'를 달라고 했습니다. 자기가 부르면 안 되겠냐고요."

"예?"

"임종순 작곡가와 얘기됐다고 하는데 저는 무슨 말인지 몰라 일단 김 실장님이 돌아오면 다시 얘기하자고 하고 돌려보냈습니다."

'고향 여자'라면 김정주가 이미 '옥선이'로 개사해 부르고 있었다.

김연이 있었다면 바로 쫓아냈을 텐데.

도종민은 분야가 달라 일의 전말을 몰랐던 모양.

쳐다보니 김연이 알았다는 눈빛을 보냈다. 김정주가 판을 냈다는 걸 아는 나훈하가 태지나한테 이상한 짓을 하진 않았을 테니 허튼소리 지껄인 작곡가부터 조지라고 눈빛을 보냈다.

원래 팬이 안티로 돌아서면 더 무서운 법이다.

그리고 그 안티가 하필 힘이 세면 스타는 그 순간부터 악몽에 시달리게 되는 것이다.

고개를 끄덕인 김연이 시계를 봤다.

"금방 제자리를 찾을 겁니다. 자, 총괄님, 이제 기자 회견 시간입니다."

"벌써 그렇게 됐나요?"

"예."

"그럼 회의는 여기에서 마무리하는 거로 할게요. 다들 고생 많으셨어요."

"수고하셨습니다. 총괄님."

우르르 일어나는 이들을 따라 나도 1층으로 갔다.

내가 나타나자마자 '나왔다!'란 외침과 함께 대기하던 기자들이 우르르 몰려온다.

몰상식한 모습이라 다시 들어갔다.

백은호와 경호원들은 누구든 못 들어오게 벽을 치고 막았다.

김연이 혼자 나가 다시 한번 막무가내로 덤빈다면 그 언론은 회견에서 빼겠다고 경고했다.

기자들이 진정된 후에야 김연이 날 데리러 왔고 이번엔 플래시만 마구 터졌다.

백은호와 경호원들도 혹여나 모를 비상사태 대비를 위해 기자들 앞을 충실히 막아섰고 나는 마련된 작은 단상에 올랐다.

기자들의 표정을 보는데.

왜 이다지도 피곤할까.

'집에 가고 싶다.'

유명해진다는 건.

곧 사람과의 싸움이다.

실컷 기자 회견을 해 주고도 따라온 기자들에 아파트 단지는 쑥대밭이 됐다.

무슨 일인가 내다보는 단지 사람들에 애들도 뛰어나와 여기저기 기웃거리고.

고맙게도 긴급 출동한 서초 경찰서가 교통정리를 해 줬다 지만.

몰려드는 군중을 다 무슨 수로 막을 것이며 또 언제까지 막 아 줄 수 있을까?

나는 아직 채 영글지 못한 몸이었다.

손 한 번 흔들어 주는 것만도 녹초가 됐고 다른 건 돌아보 지도 못하고 들어가 발 닦고 자는 것만도 힘들었다.

다음 날 일어나서는 할머니의 만류에도 학교로 갔다. 학생 이니까.

잔뜩 각오했던 것과는 달리 기자들이 보이지 않았고 사람 들도 없었다.

"웬일이야."

주변에 사람이 없는 게 이렇게 홀가분할 수가 있었나?

마음대로 쏘다닐 수 있었던 지난날이 참으로 감사하고 아 까웠다.

학교에도 플래카드 같은 건 없었다. 미국 가기 전과 같았 고 그게 나를 무척 기쁘게 했다.

하지만.

담임과 반 아이들은 달랐다.

나를 알아봤고 나를 어색해했다.

역시나 채 1교시가 지나지 않아 복도에 기자들이 쫙 깔렸다. 수업 도중인데도 플래시를 터트리고 어떤 기자는 문을 열고 들어오려고까지 했다.

달려온 교장은 또 좋다고 나와 같이 사진을 찍고 일찍이 그 재능을 발견할 수 있었다며 우리 반포 국민학교의 자랑이라고 나를 소개했다.

"……."

수업을 하는 둥 마는 둥 오전 내내 시달리다 학교가 끝날 때쯤엔 또 시커먼 양복을 입은 인물이 열 명가량 교실로 들어와 주변을 통제했다.

"대통령 각하께서 보자신다."

이 한마디에 담임은 얼음, 교장도 얼음, 기자들은 무슨 특종이라도 있는 것처럼 플래시를 터트렸다.

그 손에 이끌려 밖으로 나오니 어느새 학교에도 플래카드가 걸려 있었다. 내 이름과 페이트가 같이 적힌 플래카드였다.

"후우……."

어부 손에 잡힌 물고기 꼴 같았다.

그래도 청와대가 낫겠지 싶어 좋은 마음으로 올랐다.

도대체 이 일이 언제쯤 끝나나 신세타령할 때쯤 청와대에 도착했고 신 비서는 마치 나를 처음 만나는 것인 양 반겼다. 나도 눈치가 있으니 오케이.

"어서 오세요, 페이트."

"초대해 주셔서 감사합니다."

"어서 오세요. 대통령님께서 기다리고 계십니다. 이리로 오실까요?"

"예."

집무실이었다.

집무실 책상에 앉아 있던 노태운은 대통령스럽게 나를 반기다 신 비서가 문을 닫자 바로 본색을 드러냈다.

"어여 온나. 올 때 힘들지는 않았나?"

"힘들었죠. 아으으으, 너무 따라다녀서 몸살 날 것 같아요."

"그체? 사람들이랑 부대끼는 게 보통 일이 아닌 기라. 그래도 참아라. 대한민국에서 한 번도 없었던 경사 아이가. 니가 좀 이해해도고. 조금만 참으면 지나가겠제."

"예, 저도 최대한 좋은 쪽으로 보려 해요. 이상한 사람만 안 온다면요."

"그래, 내 서초 경찰서에 얘기해 놓을 테니까. 몸만 조심하고. 알았제?"

"예."

대답이 마음에 드는지 피식 웃은 노태운은 소파에 등을 기대며 화제를 돌렸다.

"봐라. 여 어떠노? 여가 대통령이 일하는 데 아이가. 쥑이제?"

"단아하고 멋지네요. 느껴지는 기운도 좋고요."

"그렇나? 하하하하하."

"……"

"고맙다. 대운아."

"예?"

"니가 이번에도 큰일을 해 줬다. 나라 이름을 얘기해 주고 88 서울 올림픽도 얘기해 주고 정신없는 가운데서도 국가를 위해 애썼다."

"……"

그랬다. 다분히 의도적이었다.

하지만 나로서도 필요한 일이기도 했다.

나는 듣보잡의 나라에서 온 듣보잡 뮤지션이었으니까. 세계 속에서 한국이라는 나라는 알다시피 아직 무언가를 대표할 만한 게 없었다.

"그래서 국가가 해 줄 수 있는 게 뭔가 곰곰이 들여다봤는데. 이게 웃기는 게 하나도 해 줄 게 없다 칸다. 고작 훈장 하나 추서하는 것밖에."

"……"

"미안하다. 줄 수 있는 게 그거밖에 없다."

쪽팔려 죽겠다는 표정이었다.

더 놔두면 자기가 직접 목매달 것같이 얼굴도 시뻘게지고.

끼어들었다.

"괜찮아요. 애초 그래미를 받으려고 북미 시장에 덤빈 것도 아니고 훈장도 마찬가지로 원한 게 아니었잖아요. 주시면 감사히 받을게요."

"……그럴래?"

"그럼요. 형식상이라도 명예잖아요. 그래미 상패도 같은 의미니까요."

"맞다. 그래라. 우리 그렇게 쉽게 생각하자. 신 비서야."

"예, 대통령님."

"들었제? 잘 좀 해도고."

"알겠습니다."

"근데 대통령 '님'이네요. '각하'가 아니고."

"으응? 아, 그거. '각하'는 좀 멀다 아이가. 보통 사람으로 당선됐는데 계속 '각하'를 쓰는 건 파이다 싶어서 '님'으로 통일하기로 했다. 괜찮나?"

원역사에서도 이때부터 '님' 자를 붙였다.

각하, 각하 거리다가 갑자기 '님'으로 부르라 해서 입에 안 맞은 기억이 있었다.

"좋아요. 대통령이란 직책이 조금 더 가까워진 느낌이에요."

"긋나? 하하하하하하, 됐다. 됐어. 아! 글고 말이 나와서 하는 말인데. 부탁이 좀 있다."

"뭔데요?"

"다른 게 아이고. 대운이 니가 88 서울 올림픽 주제가를 함 만들어 보면 어떠노?"

"예?"

"신 비서야, 설명 좀 해 주라."

247

"예."

얘기인즉슨, 86 아시안 게임 주제가로 쓰였고 88 서울 올림 픽 주제가로 확정되었던 '아침의 나라에서'가 왠지 밖에다 내 놓기 촌스럽다는 의견이 나오며 이 일이 시작되었다고 한다.

노래가 시원하고 뜻도 좋긴 한데 너무 뽕삘이 난다는 것.

아시안 게임이야 아시안들의 축제니 대충 넘어간다고 쳤 다지만, 88 서울 올림픽은 세계인의 축제.

뽕삘로 국격을 훼손할 수 없다는 주장이 조직 위원회를 강 타했고 의견을 모은 조직 위원회는 곧장 주제가 사업에 착수 했다고.

물론 저항은 있었다. 한국에서 개최한 행사니 더욱 한국적이 어야 하지 않겠냐고. 어째서 자꾸만 외국물을 들이려 하냐고.

"무식하기 이를 데 없는 주장이네요."

"뭐가?"

"소위 뽕이라는 트로트도 미국의 폭스트롯에 연원을 두고 있어요. 그게 언제부터 한국 전통이 된 거죠?"

"폭스트롯? 엔카가 아니고?"

"그 엔카도 폭스트롯에 의해 지금의 형식을 갖게 된 거죠. 옛날 일본 영화 보면 희한한 일본식 음률 있잖아요. 띠리링 떵떵거리며 가락에 흥얼거리는 가부키 같은 것들요. 그게 바 로 엔카의 기원이에요. 메이지 유신으로 망한 신선조를 기리 기 위해 나왔다는 설도 있고요."

"그게 진짜가? 트로트랑 엔카랑 완전히 다른 거였나?"

"그럼요. 뿌리가 전혀 달라요."

"허어……."

"대통령님, 이 사실을 빨리 조직 위원회에 알려 줘야겠습니다."

"알려 줘 뿌라. 이 쉐끼들. 아무것도 모르고 소리만 지르고 있었구만."

"바보 같은 거죠. 설사 엔카에서 발원됐다고 하더라도 절대 쓰면 안 되잖아요. 일본 노래니까 더더욱요."

"그러네. 정말 그러네. 이것들이 진짜…… 안 되겠다. 앞으로 이 일로 왈가왈부하는 놈은 한 번 경고해 주고 안 되면 제명해 뿌라."

"알겠습니다. 바로 처리하겠습니다."

"그래, 계속 설명해 봐라."

그래서 입찰 공모를 했다고.

올림픽 주제가는 이미 기본 판매량이 입증된 이벤트라 세계의 많은 레코드사에서 지원했다고 한다.

이 중 네덜란드에 본사를 둔 폴리그램사가 선정됐다는데.

조건이 아주 파격적이라서였단다.

음반 제작 및 유통에 드는 비용을 모두 부담하고 가사 저작권을 조직 위원회에 헌납, 100만 장 이상의 판매고를 이룩할 경우 음반 1장당 3%의 로열티를 지급하겠다고.

"확인해 봤더니 1987년 즉 작년 9월에 폴리그랜사와 조직 위원회가 계약을 체결했습니다."

"예? 이미 계약이 끝났다고요? 근데 왜?"

나도 이때 알게 됐다.

원역사에서 '손에 손 잡고'를 부른 가수가 어째서 우리나라 가수가 아닌 코리아난이 된 것인지.

폴리그랜사가 입찰을 따내기 위해 접근한 사람이 바로 코리아난의 매니저였다고.

한국을 공략하려면 한국인의 도움이 제격이라 판단한 그들이 입찰만 따게 해 준다면 코리아난과 3년 전속에 3장의 앨범을 내 주겠다는 조건을 걸었단다.

그리고 그 선택은 성공했어야 했다.

"계약 자체는 확실하게 이루어졌죠. 그런데 작년 말 갑자기 문제가 생깁니다."

"문제요?"

"섭외했던 작곡가가 표절 시비에 휘말리면서 올해 은퇴 선언을 해 버린 거죠."

"표절이요?"

"페이트와도 관계있습니다."

"저와요?"

무슨……

"작년에 탑건 때문에 큰 이슈가 생겼지 않습니까? Take My

Breath Away를 표절한 작곡가가 바로 그 사람입니다."

"아⋯⋯."

이게 이렇게 되는구나.

조르진 모로더였다.

영화 미드나잇 익스프레스로 1978년 아카데미 음악상을 수상, 1983년 영화 플래시 댄스의 삽입곡 Flashdance⋯⋯ What a Feeling으로 아카데미 주제가상에, 원래대로라면 1986년 영화 탑건의 삽입곡 Take My Breath Away로도 아카데미 주제가상을 받아야 할 사람이었다. 2005년엔 이탈리아 공화국 공로장 Commendatore(콤멘다토레)도 받아야 할 사람인데.

나 때문에 나락으로 떨어졌다.

결국 Hand In Hand와 The Victory는 세상에 나오지도 못했다는 얘기다.

"몇 번을 요청해도 기다려 달라란 말만 반복, 가이드조차 보내오지 않습니다. 시기는 슬슬 다가오는데. 안 그래도 페이트에게 맡길까 고민 중에 마침 그래미를 타신 거고요."

"폴리그램사에서 언제까지 곡을 줘야 한다는 기한도 정해져 있지 않은 건가요?"

"그게⋯⋯ 아쉽게도 없습니다. 계약서에는 '88 서울 올림픽 주제가를 제작한다'라고만 적혀 있습니다."

"설마 변호사도 없이 계약한 거예요?"

"……그렇답니다."

갈아엎을 놈들이 산더미다.

일단 선을 그었다.

"미리 말씀드릴게요. 제가 도와 드릴 수는 있는데, 계약부터 말끔히 정리하셔야 할 것 같아요. 그렇지 않고서는 소송에 휘말릴 거예요. 무슨 말씀인지 아시죠?"

"안 그래도 계약 해지에 관한 공문을 보냈습니다. 며칠 지나면 5월인데 더는 못 기다리겠다고요. 이를 문제 삼으면 정식으로 세계에 알리겠다고요."

"이미 진행하고 계셨군요. 그럼, 이 건은 다 끝나고 얘기하는 거로 가죠."

"예."

이 일이 일단락되자 노태운은 용건이 끝났는지 잡담이나 하였고 그걸 다 받아 주고 나서야 겨우 집으로 돌아갔더니 이번엔 서울 시장과 구청장, 국회 의원이란 놈들이 와서 할머니의 진을 빼놓고 있었다.

욱 올라왔지만.

그래도 친절하게.

일일이 다 사진 찍어 주고 보냈다.

이날 아홉 시 뉴스는 온통 내 얼굴로 도배돼 있었다. 범죄자도 아니고 내 개인사가 탈탈 털려서 전국으로 송출되는데.

웃긴 건.

어제도 그랬단다. 나는 자느라 못 본 거고.

방송국 놈들도 신문과 별반 다를 게 없었다.

"내가 지금은 참아 준다."

다음 날엔 등굣길부터 기자들이 따라왔다. 어젠 내가 학교에 갈 줄 몰랐나 보다. 재밌는 건 경찰이 학교 정문을 막고 있다는 것이다.

이건 좋네.

가는 곳마다 기자들이 진을 치고 난리도 이런 난리가 없었다. 차곡차곡 쌓이는 스트레스에 기자 아무나 붙잡고 욕이나 해 주고 싶을 때쯤 TV에서 아버지 어머니를 봤다.

웬열.

"저기에서 사네."

유명해져서 좋은 점은 이것 하나였다.

생사가 불분명했던 부모님이 저절로 찾아진다.

비록 천하의 몹쓸 부모로 낙인찍혀 이리 도망가고 저리 도망가게 된 비참한 신세가 됐지만 어쨌든 찾았으니까 됐다.

"⋯⋯!"

그 순간 나에게 할머니가 한 분 더 계시다는 게 떠올랐다.

아니, 알면서도 그동안 일부러 철저히 외면했다는 걸.

"⋯⋯."

교장 선생님께 전화해서 일주일 등교 면제권을 받았다.

사유야 너무도 명확했고 교장 선생님도 첫날 흥분해서 나댄 것이 미안했던지 순순히 허락하였다.

"그냥 내려가면 안 되겠지? 그래도 성공한 손주인데. 금의
환향……이 아니라 무력시위 정도는 벌여 줘야 형평성에 맞
겠지?"

비상 연락망을 돌렸다.

미안한데.

며칠 있다가 갈 곳이 있다고. 같이 가 줄 수 있는 사람만 냉
큼 콜 때리라고.

◇ ◆ ◇

청와대의 일 처리는 아주 빨랐다.

훈장을 추서한다길래 다음 달에나 부를 줄 알았는데 채 사
흘이 지나기도 전에 기자들 앞에 나를 불러 세웠다.

"문화 훈장이라고요?"

업적은 확고하다 해도 심사를 제대로 한 건지 모르겠다.

대한민국 훈장은 국가에 공훈이 있는 자를 대상으로 그 직
군이나 성질에 따라 12개 종류 56등급으로 나누는데.

문화 예술 발전과 국민 문화 향상 부문에서 국가 발전에 이
바지한 공적이 뚜렷한 사람에게 수여하는 것이 바로 문화 훈
장이었다.

등급으로는 금관장, 은관장, 보관장, 옥관장, 화관장이

있고.

《참으로 감격스러운 날을 맞이했습니다. 우리 대한민국
이 문화에서도 세계적인 인정을 받았습니다⋯⋯. 앞으로 그
성장을 믿어 의심치 않으며 오늘의 공로자인 페이트, 장대운
군에게 이 상훈으로써 국가의 고마움을 대신하려 합니다.》

문화부 장관만 나와도 될 일을 대통령인 노태운이 직접 나
와 그 의의와 업적을 기렸다.

재밌는 건 같은 문화 예술 발전인데도 '학문' 분야만은 똑
떼어 국민 훈장의 영역이라 하더라.

추서할 때 아주 많이 놀랐다고 하였다.

기실 나 같은 어린애가 받는 건 전례가 없었고 공적이 있더
라도 보통 15년 이상 해당 분야에서 활동한 자라야만 그나마
추서될 기분이라도 내는데 역대 최연소 그래미에, 제너럴 부
문 싹쓸이란 업적이 '공로가 매우 뛰어날 경우'에 속해 가능했
다는 것.

이때만 해도 우리 가요계는 빌보드는커녕 그래미는 쳐다
보지도 못할 영역이었으니까.

《대상자 장대운 군은 앞으로 나오세요.》

참으로 날씨도 좋고 영광스러운 날이었다.

문화계 원로 인사들까지 자리를 빛내 주고 관현악대가 직접 라이브를 다 해 주고.

그러나 나는 아침 조회 때 교장 선생님이 학생들 앞에서 주는 우수상장과 크게 다를 바를 못 느끼겠다.

훈장의 가치 때문이었다.

* 대한민국 헌법 제11조 3항.

-훈장 등의 영전은 이를 받은 자에게만 효력이 있고, 어떠한 특권도 이에 따르지 아니한다.

때문에 훈장이란 특별한 자격이나 권리를 증명하는 것이 아니라 자체로 명예밖에 없었다.

다른 나라들은 금전적 지원도 해 준다던데.

우리나라는 훈장 받은 참전 군인이라도 생계를 위해 폐지를 주워야 한다.

≪위 수훈자는 대한민국 문화 예술의 품격과 위대함을 세계에 알린 공로가 확인되며 그 발전성 또한 타의 모범이 될 것이 인정됨으로 문화 훈장 금관 문화 훈장을 수여한다. 1988년 4월 30일. 대한민국 대통령 노태운.≫

여기에서 금관 문화 훈장이란.

앞서 설명한 문화 훈장계의 1등급으로 이 정도 되면 국가가 나를 해당 분야의 역사적 혹은 세계적 대가라고 인정한 것이라고 봐도 과언이 아니었다. 이 상훈이 각종 평가 작업 등으로 사후에 추서되는 경우가 많다는 걸 본다면 더더욱.

이렇게 나는 1988년 4월, 국가가 공인하는 대중음악계의 대가가 됐다.

"자, 출발할까요?"

기타 예식 행위를 마치고 청와대에서 마련한 점심 만찬을 하고 식구끼리 잠깐의 축하를 나눈 뒤 우리는 바로 충남 부여로 달렸다.

규모가 좀 컸다.

며칠 전 날린 번개에 소속 아티스트와 직원들 전부가 오케이하는 일이 벌어졌다. 나도 콜.

운영에 필요한 최소한만 남기고 출발하였다.

대형 버스 두 대가 길을 타고 고속도로로 슝슝.

"부여엔 뭐가 있어요? 한 번도 가 보지 못한 곳이라서."

"나도 잘 몰라. 정림사지 5층 석탑이 유명하다고는 하는데. 가까운 공주에 무령왕릉이 있고."

"오오, 잘 아시네요."

"공연하러 돌아다니다 보면 듣는 귀가 열려."

MT라도 가는 것처럼 들뜬 식구들과는 달리 나는 자못 비장하였다. 그래미에서보다 더욱 더듬이를 세우며 앞일을 예측하기 바빴다.

부여의 구석, 온통 논밭밖에 보이지 않는 가구수 30호 내외의 작은 마을이 우리 아버지 고향이었다. 현재 할머니가 살아 계셨고 나도 어릴 적 한두 해 정도 산 기억이 있었다. 이제는 나만 아는 무참한 기억도 있고.

마을 사람들은 서울에서 위문 공연이 오는 줄로만 알고 있었다. 마을 이장께 부탁하여 돼지도 두어 마리 잡고 잔치나 벌이자고.

일부러 숨겼지만.

눈치챘어도 상관없었다. 중요한 건 할머니였으니까.

서해안 고속 도로도 없을 때라 닦이지도 않은 울퉁불퉁 도로를 달린 지 3시간.

늦은 오후에 들어 버스는 마을 회관 앞에 도착하였다.

술렁였다.

뙤약볕에 잔뜩 그을린 사람들이 호기심 어린 눈빛으로 버스에서 눈을 떼지 못했고 어떤 가수가 오는지 잔뜩 기대하였다.

그러나 가장 먼저 내린 사람은 나였다.

"뭐여?"

"이잉?"

"어, 저거 대운이 아니여?"

"워메, 그러네. 태선이 아들 대운이 맞지?"

"대운이가 왜 저기서 나와?"

그에 대한 답이라도 하듯 조용길을 필두로 우르르 김완서까지 몇십 명이 내려 내 뒤에 섰다.

일이 심상치 않은 걸 느낀 아주머니 하나가 얼른 마을 회관 내부로 들어가 소리치는 게 보였다.

"성님, 지금 겉절이 무치고 있을 때가 아녀. 대운이가 왔당게. 대운이."

"뭐?!"

"아, 얼른 나와 봐. 지금 난리여."

마을 회관 문이 열리며 앞치마에 손을 닦으며 나오는 노인이 한 명 보였다.

흰색 고운 한복에 쪽 진 머리, 은비녀를 꽂은 나의 할머니였다. 주름이 깊게 졌다지만 아직은 허리가 꼿꼿한 나의 할머니.

그 할머니가 나를 알아보고 두 팔을 벌리고 달려왔다.

"아이고, 대운아, 대운아~~."

"할머니~."

한참을 안았다.

얼마나 보고 싶으셨을까.

5년 전, 나를 데리러 온 삼촌을 우격다짐으로 보내고 한 번도 들여다보지 않았다. 내 평판이 나빠질 걸 알면서도.

우리 할머니도 보통 삶은 아니었다.

자식새끼 낳아 겨우 다 길러 놨더니 제대로 기를 펴고 사는 놈이 없다. 할아버지는 우리 아버지 청년 때 돌아가셨고 홀로 모진 세월을 다 지켜봐야만 했다.

그러나 낡고 구멍이 숭숭 뚫렸더라도 이 할머니라는 우산이 없었다면 어릴 적 장대운은 이곳에서 죽었을지도 몰랐다.

이제 그 값을 치를 때.

"뭐여? 왜들 놀라는 겨? 다들 몰러? 뉴스들 안 보는 겨? 대운이가 미국에 가서 엄청 큰 상을 받아 왔잖여. 지금 TV에서 난리인 거 몰러?"

"아! 맞어. 누가 그래민지 뭔지 엄청 큰 상 받았다고 혔어."

"그래민이 아니고 그래미! 가수에게 주는…… 거 뭐시냐. 노벨상이랑께."

"노벨상! 워메, 그런 걸 대운이가 받았어?!"

갑자기 웬 노벨상?

"하여간 너도 세상 돌아가는 것 좀 알고 살아라. 허구한 날, 막걸리나 퍼마시지 말고."

"아유, 성님은 내 입으로 말도 못 혀유. 대운이가 이렇게 클 줄 누가 알았슈."

"시끄러. 이놈아. 이자 촌사람이라고 촌놈처럼 다니면 안 된당께. 대운이를 봐. 열심히 하니께 서울 가서 엄청 크게 성공한 거 아녀. 여기 가수분들도 다 대운이 회사 사람이랑께."

마을 이장님이 그나마 똑똑한 축에 속하는 모양이다.

나는 모두가 보는 앞에서 할머니의 손에 오늘 받은 훈장을 올려 주었다. 목에 걸어 주면 더 좋겠건만 금관 문화 훈장은 케이스에 담는 타입이었다. 은관이 목걸이고.

"대운아, 이게 그 미국에서 타 왔다던 그 상인 거여?"

"아니요. 오늘 대통령님이 주신 훈장이에요."

"잉?"

"오늘 청와대에 가서 훈장 받았어요. 금관 문화 훈장이라고 문화 훈장 중 최고 등급이에요. 대통령님이 주신 거예요."

굳이 알리지 않아도 옆에서 듣고 있던 아주머니들이 난리였다.

"워메. 여봐 봐. 우리 대운이가 대통령 각하께 훈장도 받았댜."

"뭐여? 훈장?"

"오늘 청와대에 가서 대통령 각하께 훈장을 받았댜잖여. 몇 번을 말혀."

"아이고, 때깔도 곱다. 이게 그 뭐시기 말로만 듣던 훈장이여?"

행사에 이골이 난 아티스트들은 마을 사람들이 얼떨떨해하는 사이 장비를 풀로 세팅하고 바로 연주를 때렸다.

함박웃음이 핀 조용길이 '돌아와요 부산항에'를 부르는 순간 다시 이목은 공연단으로 향했고 센스도 좋게 어르신들이 좋아할 곡으로만 메들리를 이었다. 뒤이어 수와 준, 장혜린, 민애경, 최성순 등이 자기 히트곡을 불렀고 끝판왕 나훈하가 나서자 분위기는 게임 셋.

부어라. 마셔라.

썰어라. 무쳐라.

잔치가 벌어졌다.

흥이 난 사람들은 같이 춤추고 노래 불렀고 내 이름 '장대운'을 드높였다.

나는 10원짜리 민화투도 벌벌 떠는 손들 앞에 마을 중흥 기금으로 1억 원을 쾌척했다.

자지러지는 사람들을 보며 할머니를 가리켰다.

그 의미를 빠르게 캐치한 몇몇이 할머니를 챙겼고 할머니는 지금껏 누려 보지 못한 호사에 연신 웃음을 터트렸다.

그렇게 저녁나절이 되자.

이번엔 어디에서 소식을 들었는지 충남 도지사라는 양반이 방문했다. 뒤이어 부여 국회 의원, 부여군수, 면사무소장까지 쪼르르 납시어 자리를 빛냈다. 하나같이 나와 사진 찍기를 원했고 내 앞에서 겸손한 자세를 보이자 마을 사람들은 또한 번 뒤집혀서 나를 서서히 경외 어린 눈빛으로 바라봤다.

본래 하루만 하고 올라갈 예정이었는데.

도지사의 요청으로 일이 커졌다. 얘기인즉슨,

"효(孝) 콘서트를 열어 달라고요?"

"아, 그게 그렇게 되는군요. 맞습니다."

가까운 곳에 자리를 마련할 테니 공연 좀 해 달란다.

김연이 익숙한 자세로 난색을 표했다.

"무리인 건 아시죠?"

"아…… 넵."

동원된 아티스트 몸값만 해도 얼마일까.

충청남도의 재정을 갈아엎어도 이들을 한꺼번에 부를 힘은 없었다.

그걸 아는 김연은 나를 돌아봤고.

어떡하긴 뭘 어떡할까. 안 그래도 이깟 마을 잔치 정도로는 성에 차지 않았다.

"오다 보니 도로가 영~ 부실하더라고요. 우리 할머니가 마을 회관으로 가는 길도 너무 험하고요."

뜬금없는 말에도 무슨 말을 하는지 바로 알아들은 도지사가 부여군수를 쳐다봤다.

"뭐 하세요? 민원이지 않습니까. 당장에 접수하고 해결하세요."

"아, 예. 근데 도지사님 예산이……."

"도에 요청하세요. 이런 것도 내가 일일이 설명해 줘야 합니까?"

"아닙니다. 바로 잡아서 결재 올리겠습니다."

놀라웠다.

나중에라도 잘 좀 정비해 달라고 툭 던진 것뿐인데 도지사가 너무 잽싸게 받아들인다. 당황한 군수의 마음이 이해될 정도.

그래서 이상했다.

내가 비록 명예를 얻었다고는 하나 아직 딴따라에 불과한데.

이유는 나중에 알게 됐다.

호텔 가온의 외주 건설사인 한문 건설과 관계가 깊은 사람이란다. 도지사가 거기 사장이랑 형제. 2차 오일 쇼크로 자칫 부도날 뻔한 걸 우리 덕분에 살았다고.

대한민국이 좁다더니.

"좋아요. 한번 가 보죠."

"감사합니다. 도의 모든 역량을 부어 성공적인 공연을 이끌겠습니다."

Chapter 63

콘서트는 사흘 후에 하기로 했다.

그동안 난 할머니와 식구들과 함께 백마강 인근에 머물며 낙화암 등 관광과 휴식을 취했고 국민학교 하나를 통째로 빌린 부여군수의 연락에 따라 이동했다.

플래카드부터 거창했다.

"부여 봄맞이 孝 콘서트라."

"그럴싸한데요."

"제대로 놀아 주세요."

"걱정 마십시오. 사기충천입니다."

찬조로 소 열 마리를 기증했고 시간이 됨에 따라 몰려드는 부여군민에 국민학교가 가득 찼고 비로소 아티스트들이 출연했다.

TV로나 겨우 만나던 스타들의 행렬에 사람들이 들썩였다. 환호가 높아질수록 초청한 기자들 앞에서 도지사와 부여군수는 어깨에 힘이 들어갔다.

모두가 즐거운 한때를 보내고 있을 때 뒤쪽 대기실로 조용히 삼촌을 불렀다.

죄짓고 체포된 것처럼 꾸부정하게 온다.

내 눈을 잘 못 마주쳤다. 술만 처먹고 들어오면 온갖 패악질에 악마같이 굴던 그가 내 앞에서 꽁지를 만 꼴로 고개를 못 들고 있었다.

물론 내 곁을 둘러싼 경호원들 때문인 것도 있겠지만.

어쨌든 이게 그와 나의 차이였다.

"그새 안채까지 차지했더군요. 할머니를 외풍 심한 사랑방에 몰아 버리고."

"그, 그건……."

"할머니가 양보했다는 말은 하지 마세요. 애새끼를 둘이나 낳았으면 그만큼 자기 일에 책임지는 맛이 있어야 할 것 아니에요?"

"그……래."

"부디 부탁하건대 얌전히 사세요. 다시 허튼짓하고 돌아다니면 살기 싫은 거로 간주할 테니까."

"아니야. 아니야. 나 착실하게 살아. 자전거포도 열고. 열심히 일한다고."

"그건 행동으로 보면 되고. 더는 이상한 소리 들리지 않게 하세요."

"알았어."

그냥 놔둬도 되겠지만.

하필 할머니가 걸려 있고 또 이러는 편이 이 사람에게도 좋았다.

태생이 질투가 많은 인생이라 못 이룬 것과 가지지 못한 것에 대한 한이 컸다.

하루 이틀도 아니고 개망나니짓을 일평생 두고 볼 마누라는 없었고 더구나 나는 이 사람이 어떻게 죽는지도 알았다.

그러니까 그 지랄병이 신세 한탄이든 사회에 대한 불만이든 간에 상관없는데.

현재 할머니가 그의 곁에 있었고 할머니가 그 꼴을 안 봤으면 좋겠다는 게 내 진심이었다. 충고를 듣는다면 최악은 면할 수 있을 테니.

"할머니 통장으로 매월 생활비를 보낼 거예요. 그 돈으로 편히 모시세요. 다시 말하지만 내 눈과 귀가 주변에 있다는 거 항상 명심하시고요. 얌전히 착실히 살아가세요. 할머니 덕에 지금도 험한 꼴 안 당하는 것에 감사하시고. 혹여나 통장 빼앗았다간 어떻게 될지 알죠?"

"……."

"대답이 없네요."

백은호가 한 발 다가갔다.

"대답할게. 대답할게. 그렇게 살게. 그런데…… 나 하나만
물어보자."

"뭔데요?"

"나한테 왜 이러는데? 대체 내가 뭘 잘못했다고."

억울하다는 표정이다.

순간 달려가서 턱주가리를 날릴 뻔했다.

빠드득.

"너는 죽을 때까지 몰라도 돼. 알 필요도 없고. 지금도 죽
이라는 말이 목까지 넘어오는 걸 간신히 참는 중이니까. 할머
니 때문에."

"……."

"할 거야? 말 거야?"

"……."

"고민이 필요한 모양이네. 배때기가 부른가 봐. 백 팀장님."

"예."

백은호가 주저 없이 다가가자 삼촌은 얼른 물러서며 답했다.

"알았어. 알았다고. 네 말대로 하면 되잖아. 네 말대로 할게."

"명심해. 할머니 눈에서 눈물 나는 순간 넌 죽어."

이 문제의 핵심은 할머니가 마을을 떠나길 원치 않는 것에

서 시작한다.

할머니만 나를 따라온다면 이 사람이 어떻게 사는지는 내 관심 밖.

어려운 길을 가는 것도 그 이유 때문이었고. 당사자가 그걸 몰라서 문제지만.

어쨌든 계속 두고 볼 생각이었다.

"이야기는 다 된 것 같은데. 백 팀장님, 우린 나가죠."

우리가 얼굴을 붉히고 있든 말든 공연은 순조롭게 끝났다.

감격한 부여군민들로부터 거하게 대접을 받은 아티스트들은 오랜만에 뿌듯한 만족감에 즐거워했다.

눈시울을 적시는 할머니를 두고 오는 가슴이 아팠지만 나도 이젠 딸린 식구가 오십 명 가까이 된다.

휴가는 있을지언정 멈추는 건 안 된다.

그렇게 겨우 서울에 도착, 쉬려는데 어디선가 전화가 왔다.

"여보세요?"

[접니다. 신 비서.]

"아! 신 비서님."

[부여에서는 즐거우셨나요?]

"훈장 주신 덕분에 어깨에 힘 좀 줄 수 있었어요."

[하하하하, 엄청나게 힘이 들어갔을 것 같군요. 저도 해 보고 싶을 정도입니다.]

"감사합니다. 다 대통령님 덕분이에요."

[아닙니다. 마땅히 받을 걸 받으셨죠.]

"감사합니다."

[좋은 소식이 있습니다.]

"좋은 소식이요?"

[폴리그랜사가 계약 해지에 동의했습니다. 계약 해지만 해 주면 아무런 요구도 하지 않을 거라 했더니 바로 도장 찍더군요.]

"그렇게 빨리요? 거기도 엄청 골머리를 앓았나 보네요."

[그렇죠. 일반적인 앨범이 아니니까요. 세계인을 납득시키지 못하면 그들로서도 치명타가 아닐까요? 그래서 말인데. 괜찮겠습니까?]

"그것도 있지만, 이 시점, 페이트가 아니면 설득 자체가 안 되지 않을까요?"

[맞습니다. 이 사실을 알림과 동시에 꽤 험난한 과정을 거쳐야 하는데. 페이트 하나면 단번에 넘어갈 수 있겠죠.]

"그럼 해 보죠. 다만 형식은 제 식대로 해도 되죠?"

[물론입니다. 부탁드리는 처지에서 나서 주시는 것만도 감지덕지입니다.]

"알겠습니다. 준비하고 있을 테니 연락 주세요."

[감사합니다. 대통령님께서 꼭 안부 전하라셨습니다.]

"예, 잘 받았습니다."

[그럼 이만.]

오더가 떨어졌다.

이 사실을 빨리 김연에게 알려야 할 의무가 나에겐 있었다. 그래야 제반 사항을 준비할 테고 나도 걸맞은 곡을 선정할 수 있을 테니.

더구나 페이트 7집 작업도 시기가 다가오고 있었다.

"적어도 한 달 이내로 끝을 봐야겠어. 후우……. 정신이 없네."

◇ ◆ ◇

"전화해 줬나?"

"예."

"뭐라 카든데?"

"현재 페이트의 필요성을 잘 인식하고 있었습니다."

"그렇제? 말 통하는 거 하나는 글마가 대한민국 최고다. 재지도 않고. 됐다. 조직 위원들 불러가꼬 잘 설명해 주거라."

"예."

"자~ 그건 대운이가 덤빈댔으니 됐고…… 이자 이놈만 남았네."

"조금 있으면 들어올 겁니다."

"조용히 오라 캤나?"

"예, 측근 몇몇만 데리고 오라 했습니다."

"측근?"

의아한 눈빛을 던지는 노태운이었다.

"주저하는 기색이 있어서 허락했습니다."

"아! 하긴 그 쉐끼가 내 친구한테 좀 많이 당했나. 잘했다."

고개를 끄덕인 노태운이 담배를 꺼내자 신 비서가 얼른 붙였다.

"후우~."

"……."

"……."

"……."

"……."

"……."

"니가 생각해도 이게 최선이겠제?"

"……예."

며칠 전, 4월 26일에 제13대 국회 의원 선거가 있었다.

제6공화국 출범 이래 새로운 헌법에 맞춘 새로운 국회 의원을 뽑는 선거.

결론적으로 여당은 패배했다.

의석수는 많았지만 과반수를 넘지 못했다.

현대 민주주의 체제에서 과반수는 '절대'였고 과반수를 차지하지 못했다 함은 아무런 힘을 발휘할 수 없다는 뜻과 같았다. 여당의 앞길은 그야말로 첩첩산중.

이는 여당뿐 아니라 야당도 똑같이 인식하는 바였다.

군부 독재 체제에서 살찌운 여당과 노상 그들에게 당하며 이를 갈았던 야당.

야당의 의석수가 더 커진 이상 민생을 위하든 사익을 추구하든 어떤 법안도 처리가 안 될 건 불 보듯 뻔했다.

그건 곧 노태운의 의정 활동에도 치명타였다.

"뭘 좀 할라 캐도 내놓을 수가 없다."

"예."

"이대로라면 기존에 만들어 났던 법대로만 움직여야 하는데. 그랬다간 아무것도 못하고 끝나 뿐다. 니는 이게 무슨 말인지 알제?"

"그렇습니다. 새 시대의 가치를 보여 주려면 새 법은 필수입니다."

"맞다. 아주 꼴이 더럽게 됐다. 대운이 그 새끼 말이 하나도 틀린 게 없어. 대통령이 된다고 끝이 아닌 기라."

"어렵……."

똑똑똑.

누가 노크했다.

손님이 도착했다는 소식이었다.

"대통령님, 그가 도착했습니다."

"오야. 어서 맞아라."

"예."

신 비서가 나가고 채 5분이 되지 않아 얼굴이 훤하고 기세가 당당한 남자가 들어왔다.

김영산이었다. 지난 대통령 선거에서 석패한 남자.

노태운은 일어서서 그를 맞았다.

"김 총재 어서 오이소."

"대통령님, 만나서 반갑습니다."

"앉으이소."

"예."

미리 준비한 듯 김영산이 자리에 앉자마자 다과가 나왔다.

뜨거운 녹차를 한 모금 입에 대기가 무섭게 노태운은 용건 부터 꺼냈다.

"머리가 복잡한 건 내나 김 총재나 마찬가지라 보오. 이리 저리 안 돌리려는데 괜찮겠소?"

"저도 그게 좋습니다."

"좋소. 내 김 총재를 긴히 보자 한 이유가 있소. 짐작하시 겠소?"

"안 그래도 연락받고 고민 좀 했습니다. 아무리 돌려 봐도 나오는 건 하나밖에 없던데……. 자릿수입니까?"

"맞소. 알고 계시니 내 단도직입적으로 말하겠소. 우리 고 마 그만 싸우고 손잡읍시다."

"합당…… 제의입니까?"

"내 다음으로 공표하겠소."

"으음……."

노태운이 말한 '내 다음'이란 다음 대선 주자를 뜻했다.

대망에 한층 더 가깝게 다가갈 수 있다는 것.

어느 정도 짐작은 했다지만.

김영산은 절로 어금니가 물리는 걸 간신히 참았다.

"……."

"……."

"……."

"……."

"……."

"왜 나입니까?"

"간단하지 않겠소?"

간단하다?

"……."

"김종핀이는 성에 안 차고 딱 둘 남았는데. 그래도 동향 사람이 낫지 않겠소."

"갱상도라."

"그것도 있겠지만, 김 총재도 김대준이가 대통령 되는 꼴은 죽어도 보기 싫지 않으오."

"거절하면 그쪽으로 가겠다는 거군요."

"지금은 이빨도 안 박히겠지만, 정치란 게 언제 영원한 적이 있답니까. 상황에 따라 헤쳐 모여 할 줄도 알아야 하는 거제."

"학실히 해 주는 겁니까?"

"빠꾸는 없소. 대신 내 임기 동안은 무조건 내를 따라 줘야

겠소."

"으음……."

무서운 조건이었다.

잘못 잡았다간 정치 인생이 끝장날지 모를 큰 딜.

"물론 엉뚱한 거로 사람 곤란하게 만들지 않겠소. 내 국가와 민족을 위해서만 국회를 움직이겠다고 약속하지."

"……."

"……."

"생각 좀 해 봅시다."

"알겠소. 생각하고 연락하소. 다만 길게는 끌지 마시오."

"걱정 마십시오. 길게 끌 일이 아닌 건 알고 있습니다."

"좋소. 잘 돌아가시오. 내 멀리 안 나가리다."

"예."

김영산이 나가고 얼마 지나지 않아 신 비서가 군복을 차려입은 남자와 들어왔다.

보안 사령관 임정도였다.

노태운은 그를 보고 일어나 손을 잡았다.

"오느라 수고 많았다. 정도야."

"아닙니다. 각하께서 부르시는 곳은 어디든지 갈 수 있습니다!"

"각하라 카지 마라. 이제 '님' 자 붙인다, 자슥아."

"시정하겠습니다. 대통령님."

"오야. 앉아라."

"옙."

그가 앉자마자 노태운은 역시나 본론부터 나갔다.

"니도 지금 김영산이 나간 거 봤제?"

"옙."

"내 지금 가한테 내 다음을 주겠다 캤다."

"예?"

"가가 다음 대 대통령이 될 거라고."

"아……."

여러 일이 순식간에 지나가는 눈빛이었다.

"정도야."

"옙, 대통령님."

"잊지 마라. 우리가 총력을 기울이고도 겨우 이긴 기다. 지금 여당에서 김영산이랑 대적할 만한 놈이 있드나?"

"……."

"아무리 봐도 내 다음은 가가 아니지 싶다. 그래서 미리 땡겼다. 내가 잘못 판단한 기가?"

스윽 향하는 노태운의 눈길에 임정도는 퍼뜩 허리를 폈다.

솔직하게 나갈 때였다.

"사실 보안 사령부의 분석도 크게 다르지 않습니다."

"그럴 끼다. 김영산 다음에는 또 김대준이겠제?"

"이 상태로는 그렇습니다."

"그래서 김영산이를 내 품으로 끌어당긴 기다."

"……예."

"하지만 방심하지 말거라. 니도 알다시피 김영산이는 우리 군부만 보면 이를 가는 놈이다. 느그들 건들지 말라고 내캉 약속한다고 캐도 지킬 놈이 아닌 기라. 김영산이만 그러나? 김대준이는 또 어떻고. 니도 이쯤이면 앞날이 안 보이나?"

"……예."

"그 쉐끼가 대통령이 되면 제일 먼저 목 달아나는 게 바로 정도 니다. 이것도 잘 알고 있나?"

"그렇……습니다."

"이래도 쿵 저래도 쿵이다. 어딜 봐도 사면초가. 자, 니는 어떻게 할 낀데? 내 떠나고 나면 내 새끼들 싸그리 죽게 생겼는데 니가 내라믄 우짤 끼고."

"……."

무거운 침묵이 내려앉았다.

노태운은 기꺼이 기다려 줬다.

머리로 아는 것과 가슴으로 인식하는 건 완전히 다르다는 걸 스스로 알기 때문이었다.

그래서 더 임정도 보안 사령관이 안쓰러웠다.

'안다. 니 마음 다 안다. 내도 그랬다. 대운이 안 만났으면 알면서도 애써 모른 척하고 살았을 끼다.'

이것이 큰 차이였다.

장대운의 유무.

고대 군왕들이 어째서 뛰어난 책사와 군사를 목말라했는지 그 꼬마 놈을 만나고서야 겨우 깨달았다.

세상엔 진짜로 무시무시한 놈들이 있다는 걸.

결국 임정도는 고개를 숙였다.

"부디 길을 알려 주십시오."

"따를 끼가?"

"예."

"그럼 예편하거라."

"……!"

바로 떨어지는 명령에 움찔.

그러나 임정도는 숙인 고개를 들지 않았다.

"니 말이라면 석죽는 아들 싹 데꼬 나가 뿌라. 그 쉐끼들이 못 찾게 미국에 가서 몇 년 배울 거 배우고 준비하고 있거라."

"……알겠습니다."

대답하는 임정도를 보는 노태운은 이렇게밖에 해 줄 수 없는 자신이 너무 한심했지만 달리 방법이 없었다.

소나기는 피하는 게 옳았고.

이왕 피한다면 더 좋은 방향성으로 가는 게 맞았다.

"대기하고 있거라. 내 CIA랑 붙여 주꾸마. 싹 다 배워 온나."

임정도는 벌떡 일어나 군인으로서 마지막 경례를 붙였다.

"보안 사령관 임정도, 대통령님의 명을 받았습니다. 충성."

노태운도 벌떡 일어나 경례를 받았고 뜨거운 포옹과 함께 두 사람은 헤어졌다.

　　돌아가는 임정도를 보며 노태운은 담배를 물었다.

　　"천천히 가 보자. 천천히. 그래 가다 보면 분명히 살길이 나올 끼다."

　　"바쁘다. 바빠."

　　번갯불에 콩 구워 먹듯 올림픽 조직 위원회와 계약을 체결했다.

　　앨범 한 장, 총 10곡이나 되는 곡을 빠른 시일 내에 완성하고 발표까지 마쳐야 하는 미션.

　　며칠이 안 가 조직 위원회는 이 사실을 언론에 공표할 것이고 나는 또 한 번 기자들의 소용돌이 속에서 헤매야 했으니.

　　게다가 이번은 그것만이 아니라 스스로도 막중한 무게감을 느끼는 중이었다. 그래미를 싹쓸이했다지만 한국 대중과는 다소 거리가 먼 삶을 살았다.

　　중고 신인의 첫 쇼케이스나 마찬가지였으니 더더욱 곡 선정에 신중을 기해야 했다.

　　"어설픈 사랑 얘기는 안 되고 지구촌 사랑과 평화, 전쟁 반대로 컨셉을 잡아야겠어."

동서고금을 막론하고 사랑 얘기를 빼고 나면 몇 곡이나 남을까?

나로선 차 떼고 포 떼고 마까지 떼는 형국이라.

어떻게 하지? 머리를 부여잡고 있는데.

미국에서 전화가 왔다.

오필승 테크는 언제 설립하냐고. 사람 찾아 놨는데 어떻게 면접 보내냐고?

아차!

오필승 테크도 있었다.

오필승 테크는 본디 CCTV 개발과 함께 설립하려던 회사였다. 그러나 이젠 마이크로소프트사의 한국, 일본 대리 독점 판매권을 가진 회사가 되었다.

빨리 움직여 답변을 줘야 했다.

"정복기 사원을 불러 주세요."

"예."

정은희의 전화 한 통화에 정복기가 달리듯 쫓아왔다.

회사 설립에 이학주와 도종민을 부르지 않고 정복기부터 부른 건 순전히 일의 순서 때문이었다.

나는 정복기를 오필승 테크의 CEO로 낙점하고 있었으니까.

"저, 이거……."

하지만 그는 또 오자마자 무언가 기계 뭉치를 잔뜩 꺼내 내 앞에 늘어놓았다.

"이건 뭔가요?"

"그겁니다. 감시 카메라."

"예?"

"총괄님, 성공했습니다. 디지털 기술."

"예?! 뭐라고요?!"

벌떡 일어날 뻔했다.

"총괄님 말씀대로 다중 신호를 제대로 오갈 수 있게끔 하는 건 상당한 기술력을 요구했습니다. 고유 신호를 만드는 것부터 아주 난항을 겪었죠. 그래서 저희는……."

"자, 잠깐만요. 방금 뭐라고 했어요? 디지털 멀티플렉싱 기술에 성공했다고요?"

"예."

자신 있게 대답하는 정복기를 보는데.

이게 뭐지?란 기분이 먼저 들었다.

이렇게 1년 만에 뚝딱 나올 수도 있는 거였나?

90년까지만 나오면 된다고 계획 잡았는데.

'가만. 내가 이럴 게 아니지.'

여기에서 얘기할 문제가 아니었다.

벌떡 일어났다.

"가요."

"예?"

"가서 보자고요. 제 눈으로 직접 확인하고 싶어요."

"알겠습니다."

탁자에 있던 물건을 챙기던 정복기가 멈칫, 나한테 물어 왔다.

"저기 청소라도 해 놓게 전화하면 안 될까요?"

"아니요. 지금은 그게 중요한 게 아니에요."

"아, 알겠습니다."

정복기를 앞세우고 조금 떨어진 건물로 갔다.

오필승 빌딩에 자리가 없어서 따로 세를 얻어 준 작업실이었다.

가 보니.

'어휴~.'

쓰레기장도 이런 쓰레기장이 없다.

하지만 굳이 내색하지 않는 내공 정도는 나도 갖고 있었다.

화들짝 놀라 일어나는 이들에게 괜찮다고 손사래를 치며 용건부터 말했다.

"성공했다고 들었어요."

"아……."

"어……."

멍하였다.

정복기가 나섰다.

"뭐 해? 그거 있잖아. 어서 시연해 드려."

"아, 예."

며칠을 안 감았는지 기름기로 머리가 떡진 사람이 스위치를 올렸고 자기들 멋대로 바깥에 설치한 수십 개의 카메라에서 찍힌 영상이 화면 하나에 들어오는 게 보였다.

소름이 쫙.

정복기의 설명이 이어졌다.

"초반엔 속도가 빨랐습니다. 카메라마다 고유 신호를 지정하고 그 신호를 채집해 하나의 출력으로 나오는 프로그램을 만드는 건 아주 재밌었으니까요. 그런데 여기에서부터 문제가 생겼습니다. 모으긴 모았는데 그걸 화면에 완벽하게 구현하는 건 전혀 다른 문제더라고요."

Multiplexer의 개념이 눈 깜짝할 새 지나갔다.

지정된 신호들을 묶어 하나의 라인으로 통합하는 것.

"완전 큰 문제였어요. 하나의 라인으로 통합한 그걸 어떻게 풀어내느냐가 성공의 핵심이란 걸 그때 깨달았으니까요. 묶였다고는 하나 신호 자체는 하나하나 다 살아 있잖아요. 그 상태로 놔두는 건 활용도가 너무 떨어졌고 상품화로도 사용할 수 없었으니까요."

"……."

"그러니까 이 채집된 신호를 원하는 곳에, 정확히 분류해 가져다 놓을 수 있는 기술을 만드는 게 바로 이 연구의 골자더라고요. 보시다시피 성공해 냈죠. 아날로그와 비교하면 비용과 불편함 정도가 상대도 안 될 만큼 고효율이 나옵니다."

Demultiplexer의 개념도 펼쳐졌다.

Multiplexer로 통합한 신호를 자기가 원하는 곳에서 마음
대로 출력해 내는 것.

여기에서 중요한 건 내가 원하는…… 3번이나 5번 카메라
의 영상을 내가 지정한 모니터에서 볼 수 있느냐는 것이다.
즉 아날로그는 따라올 수 없는 효율을 보여 주면서도 정확한
지점에 내가 원하는 결과를 찍어 줄 수 있느냐는 것.

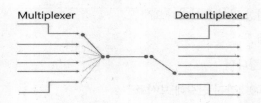

"보시다시피 리모콘 하나로 각 카메라의 화면을 내키는 대
로 살필 수 있게 되었죠. 이건 가히 감시 카메라계의 혁명입
니다."

마땅한 얘기였다.

케이블 수십 개가 줄줄이 엮이지 않은 것만도 사람들은 환
호할 테니.

하지만 여기에서 끝날 일은 아니었다.

넘어야 할 단계가 아직도 산더미처럼 쌓여 있었다.

"질문이 있는데요. 이 회선 하나에 몇 개의 카메라가 가동
가능한가요?"

"어…… 거기까진 안 가 봤습니다. 이것도 며칠 전에 완성하고 그동안 검수 보느라고요."

어쩐지 그럴 것 같았다.

"우리가 가진 회선은 하나죠?"

"예."

"그럼 이 회선에 연결된 카메라는 몇 대인가요?"

"15대입니다."

"이상 없이 돌아가나요?"

"예."

그렇다면.

"100대까지 연결해 보시죠."

"예?! 100대나요?"

"100대가 안정적으로 돌아가면 이번엔 소모 전력이 어느 정도인지 파악해 주시고요. 소모 전력을 알면 열 발생량도 알 수 있잖아요."

"아……. 그것까지 아십니까?"

"50대면 50대, 60대면 60대. 현재 최대 효율을 찾아 주세요. 다음부터는 상품이 될 수 있겠죠."

"아, 알겠습니다."

허둥지둥.

칭찬받을 거라는 예상과는 달리 숙제를 받아 버렸으니 당황할 만도 한데.

나도 여기서 끊었다.

"일단은 여기까지. 오늘은 다들 일 명 예외 없이 목욕탕부터 다녀오세요."

"예?! 갑자기 목욕탕이요?"

"성과를 냈으니 거하게 한판 놀아야 하지 않겠나요? 이 꼴로는 갈 수 없으니 목욕하고 깨끗한 옷으로 갈아입고 나오세요. 묵은 때부터 치워 보죠."

"묵은 때라면요?"

"소고기요."

"정말입니까?!"

모두의 눈에 생기가 돋았다.

"제가 같이 움직일 거니 두 번 묻지 마시고 얼른 움직이세요. 고기 굽는 시간도 아까울 것 같은데. 이러고 있을 시간 있나요? 어서 움직이세요."

"옙! 알겠습니다. 뭐 해? 얼른 움직이지 않고!"

정복기가 소리 지르자 그제야 우수수 일어나 나갈 채비를 하였다.

어수선한 가운데 정복기만 살짝 잡았다.

"회사를 세워야겠어요."

"예?"

"저분들 다 채용할 생각인데 어떠세요?"

"아……."

얼떨떨해하면서도 살짝 망설이는 기색이 있었다.

"문제 있어요?"

있다면 적당한 선에서 보상하고 끝낼 생각이었는데.

"쟤들 중에 국민학교도 못 나온 애가 있는데 괜찮……습
니까?"

"그 문제였어요? 학력이 무슨 상관이에요. 저도 국민학생
인데요."

"정말 채용해 주시는 겁니까?"

얼굴이 환해진다.

"맨땅에서 이만큼 해낸 사람들을 그냥 보내는 게 더 이상
한 거예요. 알죠? 우리 오필승의 복지. 직원만 된다면 그거
다 해 드릴 수 있어요."

"압니다. 압니다."

"얼른 목욕부터 하고 오세요. 이따가 들어오시면 도 실장
님이 준비하고 계실 거예요."

"알겠습니다. 충성을 다하겠습니다. 충성!"

대뜸 경례를 붙인다.

나도 받아 줬다.

"앞으로도 저 사람들 잘 챙겨 주세요. 정 대표님."

"예?"

"어서 가세요. 이제 오필승 테크의 대표가 되실 분이 멍하
게 계시면 안 되죠."

"총괄님⋯⋯."

"저분들 챙길 사람이 정 대표님밖에 없어서요. 일단은 가세요. 자세한 얘기는 이따가 다시 해요."

"아, 알겠습니다. 얼른 다녀오겠습니다. 총괄님."

"예, 오늘 거하게 놀아 봐요."

정복기와 육 인의 전사들이 때 빼고 광내기 위해 목욕탕으로 몰려간 사이 나는 도종민과 이학주를 불렀다.

자초지종을 설명, 앞으로의 계획을 논의했다.

"으흠, 정 대표가 전형적인 기술자 타입인지라 중간자로 경영을 도울 인재가 필요합니다. 일본 지사장 자리는 정홍식 대표가 추천했다지만 그것과는 별개니까요."

"특채로 뽑죠. 염두에 두신 분이 있으시면 추천해 주세요. 결격 사유가 없는 이상 바로 채용할게요."

"감시 카메라 사업뿐만 아니라 한국과 일본에 들어갈 컴퓨터 프로그램의 전부를 컨트롤해야 할 막중한 자리이니 능력치보단 뚝심 좋고 신뢰도가 높은 인물이 낫겠군요."

"바로 해 주세요. 아무래도 88년은 우리 오필승에도 도약의 시기 같으니까요."

"확실한 인물로 섭외하겠습니다. 걱정 마십시오."

이학주가 자회사 설립에 대한 준비에 들어가고 도종민이 한두 시간 있으면 찾아올 오필승 테크의 직원을 맞이할 서류를 추려 댔다.

그런데 설립하지도 않은 회사가 어떻게 고용계약을 하냐고?

어렵지 않았다. 그동안의 경험으로 설립 허가가 떨어지는 일정쯤은 충분히 예상 가능했고 날짜만 안 쓰면 되니까. 편법이긴 해도 문제는 없었다.

다들 바빴다.

나만 잠시 시간이 남아 괜히 앉아 있으니 2층으로 내려왔다.

2층은 늘 그렇듯 연습하는 아티스트들로 가득했다.

여기저기에서 노래 부르고 춤 연습하고 매력 강의받고 잘 돌아갔다. 그때.

지이이이이잉 띠리리리리리링.

내부를 가르는 강렬한 일렉기타의 사운드가 들렸다.

마치 사자처럼 포효한 사운드는 금세 다른 온갖 소리를 삼켜 버리고 독존하는 것처럼 대를 세웠다. 홀린 듯 다가간 연습실엔 시나원이 있었다. 신대천의 기타 솔로였다.

참을 수 없어 들어갔다.

"어!"

"총괄님!"

"총괄님, 안녕하십니까."

벌떡 일어나 나에게 인사를 건넸다.

나도 얼른 허리를 굽히긴 했는데.

조금 민망하다.

"연습 중이셨어요?"

"3집도 내야 해서 이것저것 건드려 보는 중입니다."

"아…… 3집."

시나윈도 3집이 들어갈 때였다.

안 그래도 페이트 7집 곡 선정하며 유독 시나윈에게 어울리는 것들이 있어 빼놓은 게 있었다.

"그렇구나. 3집 낼 때가 됐네요."

"아, 예. 모자라지만 열심히 준비하고 있습니다."

"안 그래도 시나윈을 위해 써 놓은 게 있는데, 어떠세요?"

"예?!"

"생각나는 대로 몇 곡 써 놓은 게 있어서요. 한번 들어 보실래요? 녹음된 테이프가……. 아! 제 사무실에 있어요. 가져올까요?"

"아, 예. 듣고 싶습니다!"

"잠깐만 기다리세요."

얼른 갔다 오길 5분.

테이프를 틀었다.

첫 곡은 Gary Moore의 Still Got The Blues였다.

1990년에 발매된 세계적 기타리스트 게리 무어의 여덟 번째 솔로 스튜디오 음반.

록과 하드 록, 퓨전 재즈로 알려진 게리 무어가 새롭게 도전한 일렉트릭 블루스 장르로 신랄한 기타 연주가 특징이었다.

딱 듣는 순간 신대천의 얼굴이 떠올라 빼 둔 곡.

두 번째 곡은 Steve Vai의 For The Love Of God였다.

1990년에 발매된 스티브 바이의 앨범 Passion and Warfare 의 수록곡으로 이 곡은 아예 기타만을 위한 연주곡이었다.

심취하는 순간 탈출구가 없는, 서정적이면서도 폐부를 관 통하는 비장함이 서린 곡이라.

특히 속주 파트에 들 때는 사람의 마음을 흔들다 못해 진한 카타르시스로 인도한다.

신대철에게 어울리는 곡.

세 번째 곡은 Neon Trees의 Everybody Talks였다.

2011년에 발매된 네온 트리스의 2번째 스튜디오 앨범 Picture Show의 수록곡으로 경쾌하고 가벼운 가사가 특징인 데 그래서 넣었다. 틀림없이 하드 록 장르를 걷고 있을 시나 윈의 숨 쉴 구간으로.

네 번째 곡은 My Chemical Romance의 Welcome to the Black Parade였다.

2006년에 발매된 마이 케미컬 로맨스의 3번째 정규앨범 The Black Parade의 수록곡으로 하드 록 기반에 펑크와 행진 곡을 섞어 리듬감이 아주 독특한 곡이었다.

사운드도 훌륭하고 앞으로 무슨 일이 일어나든 We'll carry on 꿋꿋하게 견디자는 위로의 메시지도 주는 곡이라 뽑아 놨다.

다섯 번째 곡은 Muse의 New Born이었다.

2001년에 발매된 뮤즈의 2집 Origin of Symmetry의 수록 곡으로 1집에 비해 더욱 강력해진 팔세토 창법과 아르페지오 스타일의 연주가 특징인 명반이었다. Origin of Symmetry에서 굳이 New Born을 선택한 건 시나원도 새롭게 태어나라는 의미가 컸다.

한때 라디오 헤드의 카피 밴드로 불리는 오욕의 시절이 있었으나…… 이유는 라디오 헤드의 보컬 톰 요크와 뮤즈의 보컬 매튜 벨라미의 음색이 비슷해서였는데 듣는 순간 톰 요크는 생각나지 않게 된다.

시나원도 이리저리 헤매지 말고 세계 시장에서 우뚝 솟으라고.

거부는 없었다.

시나원은 신나서 곡 전부를 가져갔고 얼마 후 녹음해서 자기들 나름대로 가져왔는데 Still Got The Blues의 기타 솔로가 조금 달라져 있었다.

물어봤더니 신대천의 아버지 신중헌이 맡아 주었다고 한다.

대박.

"맞아요. Still Got The Blues와 For The Love Of God는 기타

솔로가 생명이에요. 제대로 된 감정을 전달해 주기만 한다면 최고의 성과를 낼 수 있을 거예요. 저는 이 결정을 존중해요."

내친김에 시나원도, 조용길도, 소니 뮤직이 맡아 주었으면 좋겠다는 생각이었다.

김연에게 말해 1집의 권리마저 모두 구입, 지군레코드를 통해 소니 뮤직에 던졌다. 한국의 음악도 이 정도는 한다고.

이때는 페이트 이름만 박아도 불티나게 팔리던 때라 소니 뮤직은 무조건 오케이를 날렸고 이로써 시나원도, 조용길도 북미 시장에 깔리게 됐다.

So beautiful.

시나원과 한창 이번 앨범에 대해 떠들고 있을 때 도종민이 나를 데리러 왔다.

오필승 테크의 전사들이 왔다고. 이미 서류 작업은 끝냈고 나를 기다리는 중이라고.

아차차!

그들을 잊고 있었다. 시나원에게 양해를 구하고 그들에게 갔다. 이번엔 웬일인지 도종민도 따라왔다.

곧장 백화점으로 진격.

정장 한 벌씩 맞추고 소고기 먹으러 넘어갔다.

건배 제의.

"오늘 이 역사적인 날을 기념하며 다시 한번 여러분께 감사 인사를 드립니다. 모두들 수고하셨습니다. 단번에 털어 넣으시고 마음껏 드십시오."

짠.

술잔이 부딪치고 사이다가 부딪치고 허겁지겁 소고기 릴레이가 시작됐다. 등심부터 살치살, 새우살, 안창살, 안심 등등 다들 핏물이 있든 말든 젓가락질하기 바빴다.

옆에 있던 도종민에게 물었다.

"아파트에 누가 들어온다고 해요?"

"예. 세 명은 가족이랑 같이 들어오길 원했고 세 명은 본가가 지방이라 같이 살길 원해서 네 채만 더 구입하기로 했습니다."

"좋네요."

"사원급으로 통일했음에도 모두들 만족합니다. 주5일 근무에 한 달에 한 번 쁘띠 휴가, 1년 10일 휴가 보장, 연 2회 연봉급 보너스를 주는 곳은 세계에서도 우리 오필승밖에 없으니까요."

"자부심이 생겼으면 좋겠네요."

"가슴 뿌듯한 일체감을 느낄 겁니다."

"그렇게만 되면 보람차겠네요."

"모두 총괄님의 고집 덕분입니다. 감사합니다."

"뭘요. 도 실장님 안 계셨으면 이렇게 탄탄하게 서질 못했을 거예요. 제가 더 감사하죠."

"아닙니다. 요새도 한 번씩 지난 시절이 꿈에 나올 때가 있습니다. 은희랑도 가끔 그 얘길 하거든요. 그때는 정말 암울했으니까요. 고문님이랑 총괄님을 믿고 선택하지 않았다면 어떻게 됐을까요? 다시 생각해도 가슴이 철렁 내려앉습니다. 총괄님, 이건 정말 은혜라고밖에 설명할 방법이 없습니다. 부족하지만 제 사랑을 받아 주십시오."

사이다를 가득 따라 준다.

우리 도 실장님도 한 잔 들어가더니 가슴이 말랑말랑해진 모양이다.

평소엔 한 번도 하지 않았던 말도 다 꺼내고.

정복기도 이에 질세라 벌떡 일어나 충성을 맹세하였다. 나머지 여섯 명에게도 충성을 강요하고. 너희들, 이 은혜를 잊어선 안 된다고. 앞으로 우린 총괄님만 봐야 한다고 소리 질렀다.

주변의 시선이 조금 민망하긴 했지만.

나름대로 어깨가 으쓱.

이도 또한 내 노력에 대한 보상 아니겠나.

조금 더 즐겼으면 좋겠건만.

나는 이 순간에도 멀티플렉싱 기술을 어떻게 활용할지로 머리가 바빴다.

사원들에게 2차 가라고 금일봉을 던져 주고 정복기와 도종민만 데리고 조용한 곳으로 자리를 옮겼다.

"자꾸 일 얘기를 해서 죄송한데요. 번뜩 떠오른 게 제법 이야기가 될 것 같아 교차 검증해 보려고요."

"아, 예. 말씀하십시오."

두 사람이 보는 앞에서 현재 우리가 개발한 기술의 회로도를 그렸다.

【 --------> 】

하나의 방향성.

"보시다시피 간단하면서도 확고하죠. 안정적이기만 한다면 아주 이상적이기도 해요. 수십 개의 화면을 하나로 컨트롤할 수 있으니까요."

"예, 맞습니다. 구현해 놓고 보니 개발해야 할 이유가 더 선명해졌습니다. 이 기술은 정말 세계 어디에다 내놔도 손색이 없을 겁니다."

"맞아요. 이대로도 충분히 감시 카메라 CCTV 계에 혁명을 일으키겠죠."

"……예?"

뉘앙스가 이상할 건 깨달았는지 정복기가 고개를 갸웃댔다.

"잘못된 건 하나도 없어요. 이 정도라도 충분히 세계적인 사업성이 보여요."

"아, 예."

"다만 전 여기에서 하나의 의문이 들더라고요."

"무엇……이 말입니까?"

"과연 이 방향으로만 가는 게 맞는 건가?"

"예?"

"하나의 가능성인 거죠."

다시 회로도를 그렸다.

이번 회로도는 화살표가 양쪽으로 들어왔다.

【 ＜---------＞ 】

【 ＞---------＜ 】

"이건……!"

"우리 기술이 만일 쌍방향으로, 어느 쪽이든 출입이 가능하게 된다면 어떤 일이 벌어질까요?"

"……!!"

이 개념을 깨닫자마자 나부터도 얼마나 기가 막혔는지 모른다.

멀티플렉싱이란 간단하게 말해 여러 신호를 하나로 모아 원하는 곳에 뿌려 주는 기술을 말한다.

Input과 Output이 완벽하게 나뉜 것.

단방향, 일방통행으로 입력과 출력이라는 형식에 한해선 더할 나위 없이 견고한 구조.

그런데 말이다.

만일 이 Input 기능에 Output까지 욱여넣는다면? Output 에 Input의 역할까지 집어넣을 수 있다면?

이야기는 전혀 다른 차원으로 확장된다.

"현재의 형태는 원론적으로 말해 85년 한국 전기 통신 연구소가 개발한 TDX-1과 다를 게 없어요."

"TDX-1이라면 전전자교환기 말씀이십니까?"

"예, TDX-1은 교환원의 손으로 일일이 연결하던 유선 전화를 디지털 신호로 처리, 한꺼번에 1만 명분의 통화도 처리할 수 있게 만든 거죠. 이로 인해 1천만 유선 전화 시대가 열렸고요. 그런 면에서 우리 기술과 상당한 부분 닮은 걸 찾을 수 있어요."

"아……."

그제야 뭔가 이해가 되는 듯한 눈빛을 보내는 정복기였다.

"광범위하게 보면 결국 우리 기술도 통신 기술에 속한다는 얘기죠."

"아아……."

컵 두 개를 정복기 앞에다 놨다. 도종민은 무언가 심상치 않은 분위기를 감지했는지 조용히 지켜보기만 했다.

"현재의 기술상, 이 컵이 기지국이라고 한다면, 나머지 이 컵은 무엇이 될까요?"

내 질문에 미간을 찌푸리면서까지 집중해 보지만 정복기는 고개를 절레절레 흔들었다.

"……모르겠습니다."

"모르는 게 맞죠. 한국 통신도 또한 기지국 하나로만 운영하는 형태니까요. 어느 곳이든 전화가 오면 그 번호의 전화기로 연결해 주는 거죠. 여기에서 질문. 그렇다면 거리가 먼 대구와 서울은 대체 어떻게 연결되는 걸까요? 구와 구 사이, 동과 동 사이는 어떻게 연결되고요. 그것도 다 일일이 선으로 연결됐나요?"

"아……."

"지역 번호로 구분하긴 하지만, 한국 통신의 대표 기술력이 TDX-1이라면. 다시 말해 TDX-1엔 자기들끼리 네트워크가 가능한 기술이 들어가 있다는 결론이 나오지 않나요?"

"맞습니다. 그렇지 않고서는 통화가 이뤄지지 않을 겁니다."

"맞아요. TDX-1가 우리 기술보다 앞섰다는 증거겠죠."

"아……."

"하지만 전 포기하지 않을 생각이에요. TDX-1가 가능하다면 우리도 가능하잖아요. 전화번호에 지정된 신호를 TDX-1가 받아 연결을 해 주듯 우리도 제대로 된 주파수 대역만 있다면 충분히 실현 가능합니다."

"주파수 대역이요? 총괄님 설마……."

정복기가 보는 앞에서 두 컵을 겹쳤다.

"Input과 Output이 컵 하나로 해결된다면? 그 컵들이 상호 연계된다면? 우리에게도 통신업의 기회가 열리지 않겠어요?

무선 통신의 기회가요."

디지털 멀티플렉싱 기술이라 만들어 놓고 보니까 결국 통신 기술이었다.

꺼진 불을 다시 보듯 또 살피니까 기지국형 통신 기술이었다.

초기 사업비는 많이 들지만, 미국의 위성을 이용할 필요가 없어 주체적이면서도 훨씬 더 나은 서비스가 가능한 기술.

여기에 암호까지 부여한다면?

이쯤 되면 뭔가 나오지 않나?

Code Division Multiple Access.

CDMA. 코드 분할 다원 접속.

'미친 일이지.'

퀄컴을 세계적 기업으로 우뚝 세운 기술의 원천이 국민학교도 안 나온 멤버가 섞인…… 세운상가 구석탱이에서 라디오, TV나 만지던 이들의 손에서 나온 것이다.

이 사실을 깨닫고 얼마나 떨렸는지 모른다.

전혀 생각지도 못한 곳에서 떨어진 월척.

이도 물론 전작에서 통신 기술을 다루지 않았다면, 그래서 연구하지 않았다면 그냥 지나치고 말았을 기회였으나 이젠 아니었다.

"우리가 지금부터 해야 할 일은 가진 멀티플렉싱 기술을 더욱 안정화하고 쌍방향의 경계로 넘어가는 것이죠. 이해가 됐나요?"

"아아……."

"미션입니다. 무슨 수를 써서라도 무선 통신 기술을 완성시키세요. 성공만 한다면 정 대표님이야말로 앞으로 대한민국 무선 통신업의 아버지로 역사에 일컬어질 거예요. 제 말이 무슨 말인지 아시겠어요?"

정복기가 벌떡 일어났다.

"무슨 일이 있어도 반드시 성공하겠습니다. 반드시 해내겠습니다!!!"

부르르 떠는 그를 두고 도종민을 보았다.

"현재 가진 기술의 일체를 받아 미국의 정홍식 대표에게 전하세요. 특허 건이에요. 발 빠르게 움직여야 해요."

"알겠습니다. 바로 시행하겠습니다."

이학주가 움직였고 도종민이 내 뜻을 정확히 읽었다. 정복기가 가슴 벅차 몸을 떨었다.

더 이상의 원동력이 있을까?

놔둬도 알아서 돌아갈 것이다.

'급한 건 이렇게 우선 처리가 된 것 같고.'

다음은 앨범 작업이었다.

다음 날이 되어 지군레코드 사장을 불렀다.

"무슨 일 있어?"

"올림픽 공식 주제가 일을 맡았어요."

"뭐?!"

"국가가 올림픽 주제가를 쓰라네요."

"그 건이라면 작년에 얘기 끝난 거 아냐?"

폴리그랜사에 대한 얘기를 해 줬다.

"계약한 작곡가가 탑건 표절 시비로 은퇴했대요. 부랴부랴 다른 작곡가를 섭외하려는데 그게 마음대로 되나요? 어영부영 시간만 보내고 있다가 청와대가 계약 해지하자고 하니까 옳다구나 도장 찍은 거죠."

"허어~ 그래서 너한테 맡긴 거고? 이제 겨우 석 달도 안 남았는데?"

"예."

고개를 끄덕이니 지군레코드 사장은 팔부터 걷었다.

"내가 어떻게 해야 해?"

"국내 유통을 맡아 주세요."

"벌써 유통? 어…… 설마 벌써 작업을 마친 거냐?"

"예."

"허어~ 이 괴물 같은 놈. 내가 너를 대체 어떻게 이해해야 하냐? 이 건은 언제 알았는데?"

"상 타고 청와대 갔잖아요. 그때 알았죠."

"미친…… 그래서 페이트 1집처럼 가려고? 영어랑 한국어 랑 나눠서?"

"예."

"영어 버전은 소니 뮤직이랑 조율해야겠네."

"부탁해요."

"부탁은 무슨. 까라면 까야지. 감히 페이트가 하겠다는데 지들이 뭔데 까불어? 알았어. 이건 나한테 맡겨 두라고. 이제 된 거지?"

"예."

지군레코드 사장이 가고 곧장 앨범 목록 작업에 들어갔다.

지금도 수십 개의 명곡이 어른거린다. 이걸 어떻게 쓸지는 오로지 컨셉에 달렸다.

"손에 손 잡고는 있어야 하고. The Victory도 있어야겠지? 나머지 여덟 곡을 뭐로 넣는다?"

명곡들로 끄적여 봤다.

사랑 노래는 제외.

세계인의 무대와 의미가 통할 수 있는 곡으로 추리다 보니 굳이 신곡으로만 나열할 필요 있겠나? 라는 생각이 들었다.

반전(反戰)이나 평화란 의미가 들어간 곡들은 주로 70년대 에 많았으니 그걸 가져다 쓰는 게 어떨까?

어차피 영어 버전과 한국어 버전이 나뉘어 발매될 테고 세 계인의 인식에도 그게 좋겠다는 판단이 섰다.

문제는 그들에게 허락받는 건데.

"어떻게든 되겠지."

미국에 있는 정홍식에게 전화 걸었다.

"전데요."

[예, 총괄님.]

"곡이 좀 필요해요."

[사야 하는 건가요?]

"88 서울 올림픽 주제가를 맡게 됐는데요. 4집처럼 일을 해 보는 게 어떨까 해서요."

생각한 바를 차근차근 알려 줬다.

어설픈 곡으로 채우려니 차라리 빌리는 게 좋을 거라고.

[좋은 생각입니다. 우선은 타진해 봐야 결론이 나올 것 같 긴 한데, 1순위와 2순위만 확실히 정해 주십시오. 근데 영어 버전도 한국 가수로 하시는 겁니까?]

"아니요. 웬만하면 오리지널을 해치고 싶지 않아요. 한국 어 버전은 한국 가수들 모아서 하면 되고요."

[알겠습니다.]

"아, 마이클 잭슨한테는 제가 연락할게요. 언제든지 연락 하라고 했으니까 시험 겸 제가 컨택해 볼게요."

[예, 그럼 바로 움직이겠습니다.]

"아 참, 특허 건 말씀은 들으셨어요?"

[도 실장에게 들었습니다. 무척 흥분하던데요. 필요 서류 나 제대로 보내라고 한마디 쏘아붙였습니다. 하하하하하.]

"중요한 특허니까 다른 것보다 더 들여다봐 주세요."

[물론입니다. the US Patent Office 우선 심사국 스칼렛 캔 버라 팀장과도 이제 식사를 같이할 정도로 친분이 생겨 바로

처리될 겁니다.]

"알았어요. 그럼 정리되면 바로 전화해 주세요."

끊고 마이클 잭슨에게 전화를 넣었다.

바로바로 연결될 거라 생각했던 것과는 달리 쉽지 않았다.

신분 확인을 위한 여러 과정을 거쳐야 했고 그 끝에서야 겨우 통화할 수 있었다.

팝의 황제는 뭐가 달라도 다른 모양이다.

[오우, 페이트가 어쩐 일이야?]

"부탁드릴 게 있어서요."

[뭔데?]

"실은 제가……."

또 미주알고주알.

"마이클의 곡 중에서 We Are the World가 필요해요."

We Are the World는 1985년 슈퍼그룹 USA for Africa가 발표한 자선 싱글이었다.

퀸시 존스를 프로듀서로 마이클 잭슨, 라이오넬 리치가 작사 작곡.

신디 로퍼, 다이애나 로스, 레이 찰스, 스티비 원더, 브루스 스프링스틴, 티나 터너 등 40여 명의 스타가 참여한 대형 프로젝트.

우리나라에서도 유명했는데 난 이 곡을 올림픽 앨범의 마지막 10번째 트랙으로 낙점했다.

[으음, 조율이 필요한 부분이네.]

"지분에 관한 수익금 전부를 에티오피아 난민에 기부할 생각이에요. 도와주세요."

[우리 의지를 이으려고?]

"한 번으로 끝내기엔 아까우니까요. 배는 어제 고팠어도, 오늘도 고프잖아요."

[오오, 그런 생각이라면 내가 가만히 있을 순 없겠지. 알았어. 내가 어떻게든 올림픽 앨범에 쓸 수 있도록 해 줄게. 이건 나한테 맡겨.]

"감사해요."

[뭘. 또 필요한 일은 없어?]

"아! 하나 있긴 한데. 혹시 래퍼 중에 괜찮은 사람 있나요?"

[래퍼?]

"예."

[올림픽 앨범에 랩이 들어가?]

"하나 넣을까 고려하고 있어요. 한국에선 찾을 수가 없어서."

[호오, 이것도 아주 기념비적인 일인데? 올림픽 이벤트 송에 랩이 들어가다니. 으음, 이 사람은 어때? Rakin이라고.]

"Rakin이요?"

웬열.

1987년 데뷔, 힙합의 가장 중요한 요소 중 하나인 Rhyme(라임)을 탄생시킨 래퍼였다. 2020년까지도 회자되는 래퍼로 '라킨의 영향을 받지 않은 래퍼는 없다'는 말이 나올 정도로 엄청난 영향력을 끼친 사람.

시작부터 대물이 걸려들었다.

〈8권 끝〉

무림에 떨어진 현대인

청루연 신무협 장편소설

현대인

뺑소니로 요절했던 죽음의 기억이 강렬한데,

'……내가 조휘?'

다 쓰러져 가는 조가철방의 차남이 되었다.
날아가는 새를 떨어뜨릴 권세도,
의지를 관철시킬 무력도 없다.
일가족을 몰살시킬 어마어마한 빚만 있을 뿐.

허나 그 누구도 경험하지 못했을
비장의 한 수가 남아 있으니.

"아버지, 조가철방을 물려주십시오."

문명의 이기를 총동원한 현대인의
중원무림 성공기가 지금 시작된다.

회귀로

영웅독점

수없이 이어져 온 인간과 나찰 간의 전쟁.
그 안에서 홀로 살아남은 건
가장 재능 없다 여겨졌던 둔재, 이서하뿐.

'처음부터 다시 해 보자.'

이제껏 도망만 쳐 왔으나, 이제는 다르다.
복수의 돌로 다시 시작하는 인생.

안타깝게 스러져 간 영웅들.
대적을 도륙시킬 희대의 보구들.
그 모든 것을 선점해 역사를 바꾸리라.